Contents

Lascall ラスコール
謎の『本』屋。神溺教団に関わっているようだが、その正体は不明。
Ciggal シガル
神溺教団の一員。
Alme アルメ
神溺教団の一員。シガルの敵を討つために、ラスコール＝オセロを探している。
Parney パーニィ
世界的な女優。八年前、何者かに殺害された。

戦う司書と神の石剣

Tatakau Sisho to Kami no Sekiken

characters

Mattalast

マットアラスト

武装司書。二丁拳銃と予知能力の使い手。ミレポックに何かを隠しているようだが……

武装司書

Hamyuts

ハミュッツ

バントーラ図書館館長代行。投石器を操る。極めて好戦的で、冷酷な女性。

Mirepoc

ミレポック

武装司書。思考共有能力を持つ真面目な少女。ラスコール＝オセロの調査に出向く。

イラスト／前嶋重機

戦う司書と
Tatakau Sisho to Kami no Sekiken
神の石剣

序章　雨《あめ》夜《よ》の屍《し》屋《おく》

「また、新聞屋が騒ぐな」

と、一人の男が言った。歳《とし》は五十に近いだろう。がっしりした、樽《たる》のような体型の男だ。

「そりゃ、騒ぎますよ。俺だって信じられない」

答える声があった。さっきの男の、半分ほどの歳の男だ。二人は同じ型の、灰色の帽子をかぶっている。中年の男の帽子は年相応に擦《す》り切れ、若いほうのは新しい。イスモ共和国の保安官がかぶる帽子である。

二人は、イスモ共和国フルベック市で働く、保安官だった。

中年の男はムドリ。若いほうを、カロンという。

まだ夜は明け切らない。小雨の降る街角で二人は傘《かさ》も差さず、帽子のつばからはひっきりなしに水滴が滴《したた》っている。

「ひでえもんだ」

ムドリが言った。その目線は、足元にある一つの死体からずっと動かない。

女の死体だった。小雨の中で長く放置されていたのだろう。絹《きぬ》のやわらかいスリップドレスは、河に落ちたように濡《ぬ》れている。流れ出た血は雨水に混じり、辺《あた》りを薄紅色《うすべにいろ》に染めている。

その死体には、首がない。

「初めてですよ。首なし死体なんて。まるでサスペンスシネマだ」

カロンが言った。彼の目線の先には、地に落ちた生首《なまくび》。あるべき位置から、三メートルほど離れた場所に転がっている。土気色《つちけいろ》になったその顔を、カロンはじっと見つめる。

「もしシネマなら、主演男優は俺らですかね」

カロンが、引きつった声で冗談を飛ばした。

「馬鹿《ばか》野郎、端役《はやく》に決まってんだろ」

ムドリは落ち着いた声で切り返す。

二人は、その死骸《しがい》を知っている。何度も彼女の顔を見ていた。あるときは、武装司書。あるときは、古代の女王。あるときは、女探偵。あるときは能天気な浮気娘。シネマ館の喧騒《けんそう》の中、白い幕に映し出される彼女を何度も見てきた。

彼女の名は、パーニィ＝パールマンタという。映画の都フルベックに、この大女優の顔を知らないものはいないだろう。

「こっちへ来い」

と、ムドリが言った。

「この切り口を見ろ」

二人はしゃがみこんで、覗《のぞ》き込む。

「判《わか》るか？」

「なにがですか」

ムドリが切断面を指さす。

「肉と骨が、一直線ですっぱり切れている」

「……………そうですね」

「骨の中でも、首の骨はかなり固いほうだ。普通の人間が切ろうとしたら、のこぎりで切断するか、重い刃物で叩《たた》き折るしかない。どっちの場合でも、骨の切断面には凹凸《おうとつ》ができるはず」

「どういうことですか？」

「殺したのは、普通の人間じゃねえ。魔法を使えるものだ」

「……………て、ことはかなりの組織が動いているってことですか」

「暗黒街のよほどの大物か、それか国家だ」

「あるいは………武装司書かもしれませんよ」

二人は顔を見合わせる。どちらにしろ、自分たちの手に負えるレベルではない。二人とも魔法素養などない、ただの一般人だ。

「現場を保存して、中央保安局に任せよう」

「そうですね」

二人は、官給《かんきゅう》の石炭車からシートを取り出して死骸にかぶせる。一枚は体に、一枚は首に。

現場を保存し終えると、カロンが当局に帰還《きかん》する。ムドリは現場に残った。

中年の男は、建物の陰《かげ》に入り、湿気《しけ》たタバコを取り出す。タバコもマッチも雨に濡れ、使い物にならなくなっていた。

殺人事件のほとんどは、『本』が出土されれば解決できる。パーニィの『本』が出ればすぐに解決できるだろう。そう思ったその時、後ろから誰かの足音が聞こえた。

「……誰だ！」

ムドリは腰の拳銃を抜いた。そしてこの場に残った自分の判断を後悔する。もし、この場に犯人が残っていたとしたら、自分は格好《かっこう》の標的だ。おびえながら、物陰に近づく。

「君も、ラスコール＝オセロを探しているのか？」

相手は話しかけてきた。男の声だった。

「動くな！」

その男に銃口を向けたとき、ムドリは見た。

顔がない。男は仮面をつけている。その仮面には、目も口もない。あれでは前が見えないはずだ。

顔のない男は、ゆっくりとムドリを見た。仮面の下から、たしかに視線を感じた。

「……保安官か。思っていたより、ずっと早いな」

「動くな！」

顔のない男は、手に何も持っていない。だがムドリには理解できた。次元が違う。たとえ戦車を持ってきても、この男相手には何の役にも立たない。

「動くな……」

しかし、それでも長い年月を勤め上げてきた保安官である。保安官として、犯罪者を制する言葉しか出てこない。ムドリは無意味とわかっていながらも言う。

「動くな」

「この街の保安官は、優秀だ。賞賛に値《あたい》する」

「……動くな」

「優秀な保安官よ。残念ながら、この事件は解決しない」

ムドリは思わず問い返した。

「なぜ」

「なぜなら事件は、たった今解決したところだからだ。この、哀《あわ》れな女優の死が事件の終わりだからだ」

「……どういうことだ」

「彼女は、闇《やみ》の中に探しに出かけた。触れてはならないものに触れようとした。哀れな彼女はその報《むく》いを受け、ここで命を落とした」

「……わからない」

「わかってはならない」

　顔のない男は言った。

「優秀な保安官よ。君にはこの街を守る務めがある。闇を探ってはいけない。ラスコール＝オセロを探してはならない。君は光の中にいるべきだ」

　そう言って、顔のない男は立ち去ろうとする。

「さようなら。健勝を祈る」

「待ってくれ」

　顔のない男が振り向く。

「ラスコール＝オセロとはなんだ」

「……今の言葉を、取り消す猶予《ゆうよ》をあげよう」

「何も、聞かなかった。何も知らない」

　予想どおり、次の日の新聞は、パーニィ＝パールマンタ殺害事件の記事で埋め尽くされた。しかし、ムドリがそのどこを探しても、ラスコール＝オセロなる存在について書かれた記事は見当たらなかった。

　それから、八年後。事件が忘れ去られるには十分な時間が過ぎた。

コーヒーの匂《にお》いがする。淹《い》れたてで、熱い、薄めのコーヒー。昨日の酒が少し残った重い体を、すっきり目覚めさせてくれるやつだ。

誰が淹れているのだろう。マットアラスト＝バロリーはそう思いながら目を開けた。朝起きたらすぐに湯を沸かして、一人分を淹れるのが日課だったのに。

かすかに痛む頭を押さえながら、マットアラストは体を起こす。それと同時に、キッチンから女性の声が聞こえてきた。

「あら、起きたの、マット」

なんだ、とマットアラストは思う。聞こえてきたのはよく知っている声だった。

「ハミ、泊まってたのか」

マットアラストは頭を掻《か》きながら、ベッドから降りる。裸足《はだし》の足に靴を引っ掛けて、台所へ向かう。

「お邪魔してるわよ。昨日のこと覚えてる？」

ハミュッツが、コーヒーポットを傾けながら言った。長い髪は家事の邪魔にならないよう、ポニーテールにまとめられ、どこから引っ張り出してきたのかエプロンなどをつけている。世界最強の戦士の雰囲気《ふんいき》はどこにもない。多少ずぼらな主婦以外の何者にも見えない格好だ。

「ん、いまいち」

マットアラストは答えた。

「昨日、仕事が終わったあと少し飲んだじゃない。あんたの家が近かったのよ。帰るのが面倒《めんどう》だったからねえ、泊まってってたのよう」

そうだったか、と思いながら、マットアラストがテーブルに着く。ハミュッツが湯気の立つマグカップをその前に置いた。

ここはバントーラ図書館の館下街にある、マットアラストの自宅である。白レンガの飾り気のないアパートで、やや狭い台所に、書斎、寝室、物置に居間。一人暮らしには多少広いぐらいの家だ。

武装司書は総じて高給取りである。その頂点に近いマットアラストなら、この十倍は広い家に住めるが、家の広さに興味はない。掃除が面倒になるだけのこととマットアラストは思っている。

すでに、朝食の準備はあらかた終わっていた。コンロの上で手鍋《てなべ》が湯気を立て、トースターがじりじりとパンを焼いている。テーブルの上には生野菜《なま》に酢《す》と塩だけのサラダ。その横には胡桃《くるみ》のバターとチョコレートソースが置いてある。

「卵、何分?」

「四分。二つ」

時計の秒針を見つめながら、ハミュッツが卵を三つ鍋に入れる。

誰かに朝食を作ってもらうのは、久しぶりだなとマットアラストは思った。

「あれ?」

ハミュッツの胸元を見ながら、マットアラストは声を上げる。

「どうしたの?」

「例の、ウサギがないね」

「これあんたのシャツ」

そう言いながら、スプーンとバターナイフをマットアラストの前に置く。言われてみればいつものシャツより少し大きい。

「ハミ、あとで洗って返せよ」

「わかってるわよう」

その時、トースターが金属音を立て、少し焼けすぎたパンが勢いよく飛び出した。

「卵がまだだけど、食べよ」

ハミュッツが、そう言いながらマットアラストの正面に座る。

モッカニアの反乱から二カ月。退屈なほど平和な、バントーラ過去神島の朝だった。


「そういえばさあ、あんた彼女はどうしたの?」

ハミュッツが半熟の卵にスプーンを刺しながら口を開いた。

「誰の話?」

マットアラストの頭に、数人の女性の顔が浮かぶ。

「名前は知らないけど、一般司書の金髪の子。わたしがここにいたらまずいんじゃないのかなあ?」

ため息とともに答える。

「別れたよ。ずっと前だぜ」

「相変わらず長続きしないわねえ」

「しょうがないさ。俺は、嘘《うそ》つきだから」

マットアラストが苦笑する。

「じゃ、今は誰もいないの？」

「女の子を傷つけるのも、そろそろ飽きてきたころだ」

「何ふざけてんのよう」

ハミュッツがうんざりした顔で言う。

それからしばらく、会話が途切れた。マットアラストはその間に卵一つとトーストを食べ終え、コーヒーの半分を飲み干した。ハミュッツは殻《から》に付いた白身を丁寧《ていねい》にこそげて食べている。

その時ふいに、マットアラストが静かな声で言った。

「代行」

ハミュッツが、顔を上げた。呼び方が『ハミ』から『代行』へと変わっていた。これは、古い友人であり、かつての恋人でもあるハミュッツに向けた呼び名ではない。この呼び方を使うとき、二人はバントーラ図書館館長代行と、その腹心の関係になる。

「なに？」

だらけていたハミュッツの声に、少しばかり緊張が混じる。

「それで、ミレポックの話、考えてくれたのか？」

ハミュッツはゆで卵の殻を皿の上に置き、ため息をついた。

「あんたさあ、朝食ぐらいゆっくり食べさせなさいよう」

「ずいぶんのんきにしているから、忘れてるんじゃないかと思ってね」

ハミュッツがコーヒーを一口飲む。

「一晩、考えさせてほしいと、そういう話になっていたはずだ」

「……………そうねえ」

気の抜けたハミュッツの表情が、変わっていた。目に冷たい光が浮かび、凶暴な気配が体から放たれる。普段、ほかの武装司書たちが目《ま》の当たりにしている、館長代行としての表情だ。焼きたてのトーストと、コーヒーの匂いに混じり、肉食獣の匂いが漂うような錯覚《さっかく》を、マットアラストは感じた。

「まだ、迷っているのか」

「そうねえ」

ハミュッツはコーヒーカップを片手にため息をつく。珍《めずら》しいこともあるものだ。肉食獣が迷っている。

マットアラストは、カップをテーブルに置くと、食事を中断して立ち上がった。テラスに向かい、窓の外を見る。

「代行もわかっているだろう。ミレポックは今や俺たちの要《かなめ》だ」

と、マットアラストは言った。後輩の武装司書の顔が、頭に思い浮かぶ。

「たぶん、ミレポック自身は自分の重要さに気がついていないだろう。彼女の有用性は作戦を指揮する立場にならないとわからないからね」

「そうね。あの子、あんまり強くないってのを気にしてるみたいだからねえ」

ハミュッツが呟《つぶや》く。

「全く、そういう仕事は俺たちに任せておけばいいのに」

「まだ若いのよ。あの子もね」

ミレポック＝ファインデル。今年で十九歳になる、新人の武装司書だ。

グインベクス帝国軍の士官候補生だったところを、ハミュッツが強引に引き抜いてきた。真面目《まじめ》すぎるほど真面目な、軍人気質の少女。

彼女の特殊能力は思考共有だ。顔と名前が判っていれば、自分が考えていることを自在に他人に伝えることができる。相手が魔法権利を所持していれば、電信よろしく思考をやり取りすることもできる。戦闘に役立つ能力ではないが、マットアラストの言うとおり、有用性はきわめて高い。

竜骸咳《りゅうがいぜき》事件、『怪物』事件、モッカニアの反乱事件、その全《すべ》てに陰ながら貢献《こうけん》してきた。

「代行。彼女の思考共有能力が、どれだけ重要か、わかっていないはずはないだろう。これからの戦いに、ミレポックを欠いて臨むことはできない」

「……そのぐらい判ってるわよう」

マットアラストが言おうとした続きを、ハミュッツが引き継ぐ。

「ただでさえ貴重な、思考共有能力者。しかもあのレベルに達しているものは数少ないわねえ。その上である程度信頼できる戦闘能力の持ち主となると、世界中のどこを探してもいないでしょうね」

マットアラストは頷《うなず》く。

「そうだ。俺の代わりなら、代行やイレイアさんで務まる。俺クラスが二人いたら代行の代わりすら、おそらく務まるだろう。だが、ミレポックの代わりが務まる人材は、今の武装司書の中にはいない。

絶対に、失うことはできないはずだ」

「それはわかってるわよう」

「俺はミレポックを、このまま見殺しにしたくない。命令してくれ、代行。ミレポックを助けろと」

ハミュッツは、言い返した。

「たしかに、あんたの言うとおりよ。ミレポックを失うことはできない。

その上で、あえて言うわ。

ミレポックのことはもうあきらめている」

「………」

冷徹《れいてつ》に、ゆるぎない口調でハミュッツが言う。

「すでに状況は、取り返しのつかないところまで進行している。もっと早くに手を打っておけばなんとかなったと思うけど、もう無理よ」

マットアラストからの反論はない。

「ラスコール＝オセロ」

宣告するように、ハミュッツが言った。

「この名前に触れた以上、あの子はもう死ぬしかないわねえ」

マットアラストは、反論の言葉を探しあぐねる。すでにマットアラストは、ラスコール＝オセロという存在を知ってしまっている。ハミュッツの言葉の重みは、わかりすぎるほどわかっている。

「ミレポックは、失えない駒《こま》だと言ったわね。でもね、マットアラスト。わたしにとってはあんたも失えない駒なのよ」

「……買い被《かぶ》りさ、代行」

「謙遜《けんそん》はいらないわ。わたしだってミレポックを失いたくはないわ。でもねえ、もしあんたがこの任務に失敗したら」

漂う肉食獣の匂いが増す。

「あんたを殺さなくちゃいけないわ。そういうわけにはいかないの」

「……ミレポックを見捨てるのか？」

「ねえ、もういいでしょう？　ここまで話したんだからさあ。そろそろ引き下がってよ」

「できない相談だ」

マットアラストは、ハミュッツに向き直る。

「わかってる。代行の立場も、考えも。わかった上で頼んでいるんだ」

ハミュッツはため息をつく。

「ミレポックは俺が育てた部下だ。君が引き抜いてきたとはいえ、目をつけたのも、育てたのも俺だ。守るのは、俺の役目だ」

「………」

ハミュッツが頭を掻いた。

「そうね、あんたに意地張られたら、てこでも動かない。わかったわよ。行きなさい」

「ありがとう」

マットアラストが笑った。

「ミレポックはどうしている？」

「三日後に出発する予定よ」

「目的地は？」

「フルベック。パーニィ＝パールマンタの事件を探るつもりね」

第一章　虚像の『本』屋を探して

「休暇《きゅうか》？」

　バントーラ図書館の一室で、ノロティ＝マルチェが大きな声を上げた。モッカニア事件での負傷が癒《い》え、復帰したその日のことだった。

「ミレポックさん、休暇とるんですか？」

「そうよ。何か驚くようなことなの？」

　ミレポック＝ファインデルがそう答える。どうしてみんな驚くのだろうと、ミレポックは思った。用事があれば休暇を取る。当たり前のことなのに。

「驚きますよ……だってミレポックさんでしょう？」

「そうだけど。何か？」

　ノロティはしきりに小首をかしげている。相変わらず、妙な子だとミレポックは思った。

　二人がいるのは、武装司書たちの執務室である。この広い部屋には衝立《ついたて》で区切られた、半ば《なか》個室のようになった武装司書たちの机がある。ここにはハミュッツを除く全員分の机が置かれている。

だが大半は迷宮の中に潜っていたり、バントーラを離れて別の任務についている。執務室にいるのは、ミレポックとノロティ、それにミンスの三人だけだ。

「どうしてそんなに驚くの？」

ミレポックが再び問う。ノロティの代わりに、傍《そば》で聞いていたミンスが答えた。

「いや、驚くぜ。仕事人間のミレポックが三カ月も休暇とるなんて、そりゃただごとじゃねえ」

「そうですよ。昼休みも十五分で切り上げるミレポックさんなのに」

「そうかしら」

皆が同じようなことを言う。あまりにもみんなが驚くので、ミレポックはだんだん不機嫌になってきた。

「とにかく、ミンスさん。私がいない間、ノロティの監督を任せます。ノロティも、それでいいわね」

「はい」

「わかったぜ」

二人が頷《うなず》く。

これで仕事の引き継ぎは全て終わった。あとは荷物をまとめて、バントーラ図書館を出るだけだ。

「それで、ミレポックさん、どこに行くんですか？　里帰りですか？」

ノロティが話しかけてくる。説明するのが面倒《めんどう》だが、伝えておいたほうがいいだろう。

ミレポックは答える。

「フルベックよ。イスモ共和国のフルベック」

「遊びに行くんですか？」

「いいえ」

ミレポックは首を横に振る。

「ラスコール＝オセロを探しに行くのよ」


ラスコール＝オセロ。

ミレポックがその名前を聞いたのは一年前のことだった。トアット鉱山竜骸咳《りゅうがいぜき》事件が片付いたあと、病室のベッドの上で、その話を聞いたのだ。

ラスコール＝オセロとは、世界中の少女の間に、ひっそりと伝わるおとぎ話。この世のどこかで、奇妙な『本』屋が『本』を売り歩いている。未知の力で『本』を集め、不思議な力で世界を飛び回る。恋する少女が、思いを伝えられずに死んだとき、その人の『本』を、思い人に届けるのだという。

そんな噂《うわさ》話があることを、イレイアは語った。

常笑《とこ》いの魔女の『本』を、時を超えた思い人、コリオ＝トニスに運んだのは、その人かもしれないと、イレイアは言ったのだ。

ミレポックはバントーラ図書館を出て、港に向かう。フルベック行きの水上飛行艇《てい》のチケットはすでにポケットの中にあった。

「どうして今になって、ラスコールなんかを探すんですか？」

あとからついてくるノロティが聞いてきた。港まで見送りに来るという。

「確か、何年か前に調査されて、結局ただの噂話ってことになったはずですけれども」

「調査は途中で打ち切られたのよ。だから実在しないと決まったわけじゃないわ」

「コリオ＝トニスに『本』を売ったのも、無関係のただの『本』屋だったって話でしょ」

「一応は、そういうことになってるわね」

ミレポックは冷たい声で言う。

「信じてないんですか？」

ノロティが聞いてくる。ミレポックは頷く。

「冷静に考えて、常笑いの魔女の『本』を、ただの『本』屋が持っていることなんてありえないわ。間違いなく、あの『本』屋は只者《ただもの》じゃないわ」

「……それで、その『本』屋がラスコール＝オセロだと？」

ミレポックは頷く。

「それだけじゃないわ。モッカニア事件のことがある。あの戦いで、神溺《しんでき》教団はハイザの『本』を奪おうとした」

「それが何か？」

「ハイザは、生前にラスコール＝オセロを探す任務を負っていたの」

「……でも、見つからなかったんでしょう？」

「そうよ。でも近くまではたどり着いていたのかもしれないわ」

「……ううん」

ノロティは首をひねる。

「つまり、ラスコール＝オセロは実在していて、神溺教団に関《かか》わっているということですね。シロンさんの『本』を運んだのはラスコール＝オセロで、神溺教団がハイザの『本』を奪いにきたのも、ラスコール＝オセロのことを隠すためだと」

「そうよ。私はそう推理しているわ」

ノロティは歩きながらしばらく考えた。

「考えすぎじゃないかなあ……」

ミレポックは思わずため息をつく。

「あ、ごめんなさい」

「……いいのよ、ノロティ。実際、そう言われるのには慣れたから」

ミレポックはミンスにも、マットアラストにもエンリケにも、代行にも同じ話をした。しかし、賛同してくれるものはいなかった。

「ラスコール＝オセロは、実在しない」

誰もが異口同音《いくどうおん》に、そう言って笑ったのだ。

だからこそ、ミレポックは休暇を取った。誰も賛同しないなら、一人で探す。

「じゃ、ここでお別れよ、ノロティ」

ノロティは立ち止まり、ミレポックは飛行艇に乗り込む。別れてからもノロティは、ずっと首をかしげながら考えていた。


それが十時間前のことだ。

ミレポックはバントーラ発フルベック行きの水上飛行艇を降り、街に出た。

「うわ」

思わず声が出た。あわててミレポックは口をふさぐ。街並みに驚いて声を上げるなんて、まるで田舎者《いなか》のすることだ。

港から見えたのは、圧倒するように立ち並ぶ摩天楼《まてんろう》。バントーラ図書館並みの大きさの建物が、ひしめくように並んでいる。

自動車の量がすごい。武装司書のような高給取りしか持てないはずのものが、この街ではそこかしこに走っている。

街を歩く人々の身なりも、他の街とは違う。男性はバントーラ図書館ではマットアラストぐらいしか着ない、品のいいスーツ。女性は豪華《ごうか》なドレスやら、目新しいデザインのスーツやらで、競い合うように着飾っている。

フルベックは、世界で最も繁栄《はんえい》している都市の一つだ。経済や産業だけではなく、芸術や文化でも最先端をいく街だ。先日行ったトアット鉱山と、同じ国とは思えない。いや、同じ世界とは思えない。どう見ても百年は違う。

「……」

圧倒されている場合ではない。ミレポックは気を取り直して歩き出した。

道を歩きながらミレポックは、自分が恐ろしく場違いな格好《かっこう》をしていることに気がついた。軍服である。しかもイスモ共和国の軍服ではない。

道行く人が、みな振り返ってミレポックを見ている。人目を気にするほうではないが、こうまであからさまな視線はさすがに身に堪《こた》える。

「まあ！」

歩いていると、突然後ろから声をかけられた。四十がらみの、豪勢なドレス姿の女性だった。首やら指やら全身に、目が痛くなるような大量の宝石。使用人を蟻《あり》の行列のように引き連れている。

「素敵な服！　どこで手に入れましたの？」

「……素敵？」

ミレポックは思わず聞き返す。

「実にタイトでセクシーですわ。中性的で実によくお似合い。どこで手に入れましたの？」

女はなれなれしく話しかけてくる。この街ではこれが普通なのだろうか。

「……グインベクス帝国陸軍の士官服ですが」

ミレポックは素直に答えた。

「まあ信じられない！　執事《しつじ》！　次のパーティーはこの服で決まりよ！」

「かしこまりました」

執事が冷静に頭を下げる。

「それで、どちらで手に入れましたの？」

「昔、陸軍から支給されたものです」

「そうですの。執事！　すぐに手配よ！」

そう言うと、女性は宝石を揺らしながら歩いていった。何をどう勘違《かんちが》いしているのか、聞き返す気にもならなかった。

どうも、住んでいる世界が違うらしいとミレポックは思った。


ミレポックがこの街に来たのは、ハイザの『本』に書かれていた、一人の女性に着目したからだ。彼がラスコール＝オセロの噂を探っていたとき、出会った人物の一人だ。

名前は、パーニィ＝パールマンタ。本名は別にあるようだが、ミレポックは知らない。

職業は女優。シネマの都フルベックで、一時代を築いた大女優だ。八年前、何者かに斬殺《ざんさつ》されたニュースが、世界中を揺るがせたことを覚えている。

ミレポックは、ハイザの『本』に記されていた、彼女の姿を思い返す。

『本』の主《あるじ》、ハイザ＝ミーケン。武装司書として長く勤めたが、実力はそれほど高くない。ミレポックよりはやや強いが、ミンスよりはおそらく弱い。ミンスやミレポックが、後方支援系の能力者であることを考えると、総合的な評価はかなり低いといえる。後《のち》に金銭目的でグインベクス帝国軍と癒着《ゆちゃく》し、処断されるのだが、そのことは関係ない。

問題は、彼の仕事だ。

一九一六年。ハミュッツに殺される半年前、彼はこのフルベックに来ていた。当時、広まりつつあったラスコール＝オセロの噂を調査するためだ。

保安官事務所の中で、ハイザは地図を眺《なが》めていた。机いっぱいに広げた、イスモ共和国の地図だ。地図の上に、赤い点が大量に散らばっている。

「ラスコール＝オセロか……」

ハイザは呟《つぶや》いた。彼は一年以上かけて、その噂の出所《でどころ》を探っていた。机の上の地図は、その仕事の成果だ。

地図の赤い点は、ラスコール＝オセロの噂を知っていた人の場所である。赤い点は、大陸北部、とくに西の湾岸部に集中している。その辺りの中心都市フルベック。ここが噂の出所と見て間違いない。

「まったく、こんな仕事、一般司書か見習いの仕事じゃないか。何の因果《いんが》で俺が出向かなきゃいけないんだ」

ハイザは紙巻タバコをせわしなくふかしながら、机の上に足を投げ出す。

その時、扉を開けて一人の男が入ってきた。見習いの武装司書、フィーキーだ。当時彼はハイザの監督下にあった。

「ハイザさん。パーニィ＝パールマンタの都合がついたそうです」

「そうか」

ハイザは足を下ろし、立ち上がる。

「まったく、いつから女優が武装司書より偉《えら》くなったんだ」

ラスコールの名を知る人物を訪ね、その話を誰に聞いたのかを聞く。そして、その噂を伝えた相手を訪ね、さらに噂の出所を探る。繰り返し繰り返し、ハイザはその作業を続けていた。

それを繰り返しながら、ハイザは一つの仮説にたどり着いていた。噂の出所は、パーニィ＝パールマンタという女優ではないだろうか。言わずと知れた大女優だ。その生活は多忙を極《きわ》める。ハイザは何度も面会を要求し、今日ようやく、それがかなうことになった。

「しかし、会っても意味があるかどうか」

ハイザの後ろを歩く、フィーキーが言った。

「どういうことだ？」

「酔っています」

パーニィの所有する大邸宅《ていたく》の一室で、ハイザは彼女の姿を初めて目にした。白黒のスクリーンでは何回か見た顔だが、じかに見ると趣《おもむき》が違う。

パーニィは胸元のはだけたドレスをまとい、けだるくソファに座っていた。

背は高くも低くもない。少し癖《くせ》のある、くすんだ金色の髪。いまどきの女性らしい、思い切った短髪だった。くっきりした目鼻立ちと、やや痩《や》せ過ぎに見える体は、銀幕の中でこそ最も映《は》えるのだろう。血のように赤い唇《くちびる》が、ハイザの眼《め》にやけに焼きつく。少しはげた化粧が、少し眠そうな目が、酒びたりのおぼつかない手つきが、退廃《たいはい》的で、酷《ひど》くなまめかしい。

だがそれでも、期待したほどではないとハイザは感じていた。普通の人の中に混じれば美人だろうが、「史上最高の美女」「創造神の生み出した奇跡」と称《たた》えられるほどではない。

『本』を読んでいるミレポックも、同じことを思った。シネマのスクリーンに映る姿と、実物とは別ものなのだろうか。

「あんた、誰よ」

パーニィは言った。まだ日は高いのに、完全に酔っている。

「武装司書、ハイザです。近年、この辺りに広まっているラスコール＝オセロなるものの噂話について調査しています」

「武装司書ぉ？」

けたたましく笑い出した。ハイザは不愉快《ふゆかい》になりながらも、表情では平静を装う。

「なあんだ、けっこう、しょぼい」

パーニィは震える手を伸ばし、紙巻タバコを手に取る。何度もしくじりながらマッチに火をつけて、せわしなく吸う。

「武装司書の、役さ、やったことあるけどさ、あたしのほうがぜんぜんいいじゃん」

そう言って、パーニィは笑い転げる。

「見た？　あたし、主役よ。『タニーゼ平原の決闘』。あたしが、武装司書よ。常笑いの魔女とさ、一騎打ちして、あの魔女を、刑場に引きずり出すのよ。見たでしょ？」

ハイザは首を横に振る。

「見てないのぉ！」

火のついたタバコをハイザに投げつける。

「なによ、あんた。も、知らない」

ハイザはうんざりしながらも、話題を切り出す。

「ええ、その、近年、ラスコール＝オセロなる人物の噂が広まっていることはご存知ですね。このフルベックを中心に、イスモ共和国全体に広まりつつあるのですが、実態が摑《つか》めません」

「もう、聞きたくない。帰ってよ」

「我々の調査では、あなたが噂の出所ではないかと考えているのですが」

「なに、出所《そこ》って」

機嫌を損ねていたパーニィが、さらに苛立《いらだ》ちを見せる。

「その、あなたがラスコールについての噂を流しているのではないかと」

「何言ってんの？　馬鹿《ばか》じゃないの？」

「では、ラスコールについては、知らないと？」

「ほんと、馬鹿、話になんない」

　パーニィは、酒を喇叭《らっぱ》飲みにする。

「あのね、あんた、馬鹿だし、教えてあげる。あのね、ラスコールってのはね、いるのよ」

「……どこに？」

「知らない」

「なぜ？」

「会おうと思ったら、会えないのよ。会おうと思わなければ、会えるの。そういうものなの、ラスコール＝オセロは。

　だからさ、あたしは、会わない。ラスコールになんか会いたくない。ラスコールなんか知らない。そう思えばラスコールに会える。だから、ラスコールなんて知らない」

「……どうして、ラスコールに会いたいと？」

「なんでさ、武装司書が、ラスコールを探してんのよ！」

　パーニィは急に怒鳴り声を上げた。

「あんたらがさ、封印《ふういん》指定だとか言って、『本』を見せてくれないから、悪いんじゃないの！　ラスコールを隠してるのはあんたらじゃない！　それがなんであたしに聞きに来んの？　わけわかんない。何なのよあんたら！」

ハイザは彼女が落ち着くのを待ち、もう一度質問をした。

「ラスコールのことを知ったのは、いつですか？」

「ずっと前よ」

「どこで知ったのですか？」

「会ったから」

「会った？」

「会ったのよ。話もしたの。あたしの『本』を運んでくれるって、約束もしたのよ」

「……どこで？　いつ？　ラスコールとはどんな人なのですか？」

「知らない。忘れた！」

「………」

ハイザは無駄足だったかと感じている。

「あたし、おかしくなりそう。ラスコールにもう一度会わなきゃいけないのに、ラスコールは来てくれない。今、あたしが死んだらあたしの『本』はどうなるの？　ねえ、どうなるのよ」

「………」

「もう一度ラスコールに会えなかったら、あたしもうだめだわ。おかしくなって終わりなのよ」

もう、十分終わってるよ、とハイザは思った。

それだけで、話を終え、退出した。無駄な時間を過ごしたとハイザは思った。

部屋の前で待機していた、付き人らしき男に話しかける。

「どうしようもないな。いつから、ああなんだ？」

「しばらく前からです」

「ラスコール＝オセロってのを、あんたは知ってるのか？」

マネージャーが首を横に振る。

「彼女が時たまおっしゃるのですが、なにぶんよく意味がわかりません」

ハイザはうんざりした顔で、部屋をあとにした。


ハイザは結局、この話を、酔っ払いのたわごととして、すぐに忘れた。

だが、『本』を読んだミレポックはそうは思わない。彼女は明確に、ラスコール＝オセロに会ったと言った。酒を飲まないミレポックにはよくわからないが、全く知らない人間のことを、会ったと何度も繰り返すものだろうか。

結局、ラスコール＝オセロに関する調査は、なんら実を結ばないまま細々《ほそぼそ》と続けられた。ハイザが死んだあとも、何人かの武装司書や見習いに引き継がれたが、もはや誰も真面目《まじめ》に調べようともしなかった。調査は三年後、ハミュッツによって打ち切られる。

しかし、ミレポックは思う。この時、パーニィのことをもっと調べていたら、違う結果になったのではないだろうか。

そしてもしも、ラスコール＝オセロが神溺教団と関わっているのならば、パーニィはとてつもない秘密を知っていたのではないだろうか。

道を歩いていると、ひっきりなしに聞こえてくる車のエンジン音とクラクションの音。多少うんざりしながらも、ミレポックはフルベックの中心街を歩く。

五階建てのビルの前で、石造《づく》りの看板を見つける。フルベック中央保安局と書かれた建物に、ミレポックは足を踏み入れた。

「武装司書？　どうして急に」

応対した保安官は、急な訪問に驚きを隠せない。

「非公式の訪問です」

「どういった用件で」

「パーニィ＝パールマンタ殺害事件についての資料を請求《せいきゅう》しに来ました」

「なぜ、今になって」

「機密事項ですので、失礼」

戸惑《とまど》う保安官に連れられて、ミレポックは資料室に入った。

資料室の一棚が、パーニィの事件の資料で埋まっている。調査書類のほかに、新聞の切り抜きや下世話《げせわ》なゴシップ誌まで保管されている。

ミレポックは保安官に礼を言い、資料に目を通し始める。

ハイザに出会ってから、一年後。パーニィは何者かに斬殺された。斬首《ざんしゅ》というショッキングな殺害方法と、謎に満ちた犯人像は、世間《せけん》の耳目《じもく》を引いた。

その犯人はいまだ捕まっていない。最重要の手がかりであるパーニィの『本』も、バントーラ図書館に収められていない。武装司書も『本』の探索に乗り出してはいるが、いまだその所在は明らかになっていないのだ。

「捜査資料はこれだけか」

ミレポックはそう呟いて、ノートを閉じた。見るべきものはなかった。

一応新聞の切り抜きや、ゴシップにも目を通す。膨大《ぼうだい》な憶測《おくそく》や証言が、センセーショナルに紙面を飾っている。記事は呆《あき》れるほどの量だ。だがそのどれもが、信憑性《しんぴょうせい》のかけらもない。

狂信的なファンの犯行か。映画会社が暗殺者を雇《やと》ったか。出番を取られた女優の恨《うら》みか。はたまた盗『本』組織が『本』を手に入れるために殺したか。国家主犯説や、武装司書主犯説、果ては神の鉄槌《てっつい》だという説まで飛び交《か》っている。

ミレポックは頭が痛くなった。この膨大な情報の中で、真実を見つけ出すことなど不可能だ。スクラップを閉じ、棚に戻す。

「嘘《うそ》は真実を隠す最良の場所、か」

誰かがそんなことを言っていたことを思い出した。

その時、ノックの音とともに一人の男が中に入ってきた。もうそろそろ老人と呼んでもよさそうな、がっしりした体格の男だ。

「保安官のムドリです。協力できることはありますか」

小さく礼をしながら、男は名乗った。ムドリという名前は見覚えがある。捜査資料の中でよく目にした。捜査の中心人物の一人だ。

「これはご丁寧《ていねい》に。ですが非公式の訪問ですので、協力には及びません」

「そうですか」

ムドリはあっさりと引き下がる。ミレポックにとってもそのほうがありがたい。戦闘力を持たない保安官にうろつかれても困る。

「なぜ、今になってあの事件を?」

ミレポックは答える。

「この事件が目的ではありません。別件を調査しているのですが、関連が疑われていますので」

「……そうですか」

ムドリはしばし考える。その表情に、かすかなおびえの色が浮かんでいることに気がついた。

「どうしましたか?」

「いえ、なんでもありません」

ムドリは首を横に振った。そして、昔を思い出しながら愚痴《ぐち》をこぼし始めた。

「本当に、パーニィ事件はまるで何もわかりませんでした。底なし沼をさらっているようでした。あの時、武装司書が動いていれば、もしかしたら解決できたかもしれないと思うのですが」

ミレポックは否定する。

「それは無理な相談です。なんでもかんでも武装司書にまかされても困ります」

武装司書の仕事は、人々の安らかな死を守ることだ。そのために、鉱山を守り、『本』を守り、図書館を守り、世界の秩序を乱すものと戦う。

どれほど高名な女優であろうと、ただの殺人事件ならば武装司書の仕事ではないのだ。

「それよりも、パーニィの『本』がこの街にあると言われているようですが」

「はい、そのことなのです。盗『本』組織が保持しているのではないかという情報はあるのですが、証拠は摑めていません」

「こちらも探してはいるのですが、いかんともしがたい状況です」

『本』を売買する犯罪組織は世界中に数え切れないほどある。フルベックほどの大都市ならば、保安官ではそう簡単には手出しできない規模だ。

「嫌な事件でしたね」

二人は同時にため息をついた。

ミレポックは中央保安局を出て、また街を歩く。

歩きながら、考える。本当にこの街にラスコール＝オセロの手がかりはあるのだろうか。

可能性はある。ラスコール＝オセロと神溺教団がつながっていて、なおかつパーニィ＝パールマンタと教団がつながっていれば、の話だが。

ここまで考えて、可能性の低さに苦笑する。ほとんどありえない話だ。ありえないが、可能性はゼロではない。ゼロではない以上、捨て置くことはできない。

たとえて言うなら藁《わら》の中に紛《まぎ》れ込んだ毒針を探すような気分だった。毒針とはラスコール、藁は大量の雑多な情報だ。

藁の中に毒針が、本当にあるのかはわからない。藁の中にあるのが本当に、毒針なのかもわからない。無害な、ただの針金かもしれない。しかし、放置しておけばいつか誰かを刺すかもしれない。探しても見つからない。だが探すのをやめることもできない。

この広大な街で、謎に満ちた一人の男を探す。気の遠くなるような作業だ。

「……やれやれ」

勢いで図書館を飛び出してきたが、思っていたより前途は多難なようだ。

思えば、自分の能力は誰かに何かを伝えるためのもの。一人では、何の役にも立たない力なのだ。味方がいないときの自分は、無力だ。改めてそのことを痛感していた。

「あ、探しましたわ」

ミレポックに話しかけてくる人物がいた。青いイブニングドレスを着た、三十過ぎぐらいの女性だった。さっきの女性とは違う。

「失礼ですが、どちらさまでしょうか」

ミレポックはそっと腰の銃に手を伸ばす。しかし、すぐにやめた。話しかけてきた女性には、どう見てもミレポックに危害を加えそうな気配はない。

「私、ファールイン婦人百貨店のものです。本日はミレポック様のお仕事に協力するように言われておりまして、お迎えにまいりました。先ほど、ご婦人とお話しになられたでしょう？あの方からミレポック様のことを伺《うかが》いました」

「聞いていません」

ミレポックは即座に答える。そもそも婦人百貨店の店主が何の手伝いをするつもりなのか。

「そうですの。まあ、お気になさらずに、こちらへどうぞ」

すでに車が横付けされていた。女性は有無《うむ》を言わさずにミレポックを車に乗せる。

車は百貨店の前に停《と》まった。ミレポックは引きずられるようにして店に入る。

「何のつもりですか？」

「決まっているでしょう？　お洋服を見繕《みつくろ》いますの。その服も大変素敵《すてき》でいらっしゃいますが、フルベックにはフルベックのモードがございますのよ」

自分には関係のない話だ。

「みなさん、ご予約のミレポック＝ファインデル様がお越しになりましたわ」

退散しようとする。が、逃げだす前に、わらわらと湧《わ》いて出てきた女性店員たちに取り囲まれてしまった。うろたえているうちに、ミレポックは試着室に押し込まれていた。

それから一時間後。

「次はこちらなどはいかがでしょうか」

次々に店員たちが、ドレスを持って試着室に入ってくる。ミレポックは言われるままに、脱いでは着て、着ては脱ぐ。これで何着目だろうか。どれもこれも、ミレポックの好みとはほど遠いものだった。

「お似合いですわ」

女性店員が、着せ替え人形と化したミレポックに鏡を見せる。

「いかがですか？　いかがですか？」

「……………」

今度の服は、白いウォーキングドレス。柔らかい生地《きじ》は、軍服に慣れたミレポックにはひどく頼りない。首周りが大きく開き、ギャザーのついたスカートは風が吹いたら簡単にまくれあがってしまうだろう。

「今年の最新モードですわ。最低でもこのあたりを着なければ、この街は歩けませんわよ」

歩けないも何も、さっきまで歩いていたのだが。しかしそう反論する元気ももうない。着替えがこんなに疲れるものだとは知らなかった。世の中の普通の女性を、軽く尊敬する。

「いかがですか？　いかがでしょうか？」

正直、どうでもいい。だが、そう言うと次の店員が次の服を持ってくる。すでにミレポックはうんざりしていた。

「これでいいです」

そう言って、試着室を出る。

「では、これをお買い上げで……」

と、言おうとした店員の顔が、笑顔のまま凍《こお》りついた。

ミレポックは白いドレスの上から太い革《かわ》のガンベルトを装着した。そして左の腰に細剣を差し、右の腰には拳銃と予備のマガジン。ペンダントをつけるはずの胸元に、無骨な武装司書のエンブレムを留めた。

「あの、そういったものはおつけにならないほうがエレガントですが」

店員が押しとどめようとしてくる。

「わかっています」

用意されたサンダルではなく、分厚く頑丈《がんじょう》なブーツを履《は》く。そして、改めて自分の姿を鏡で見る。

どう見ても間違えている。ドレスとガンベルトがこれほど合わないものだとは思わなかった。

「……それで、街をお歩きになるのですか?」

「服は寒くなければ十分です」

ミレポックは半ばやけになって答える。

「ところで、いくらでしょうか」

「お代はすでにいただいております」

店員は言った。ミレポックは驚く。愛人に買い与えるのではあるまいし、代金まで支払うとは。そもそもここに私を連れて来るように言ったのは誰なのだろう。

「失礼ですが、どうして私をここに？」

「はい、ある方から軍服姿で街を歩いている女性がいたら、連れてきてまともな格好をさせてほしいと言われておりまして。

軍服で街を歩いていたら、目立ってしょうがないとおっしゃっておりました」

「それは、誰ですか？」

「俺だよ」

後ろで男の声がした。ミレポックは振り向いて驚いた。

「マットアラストさん！」

マットアラストは近づいてくる。そしてミレポックの格好をしげしげと眺める。

「変な格好」

ミレポックは、自分の忍耐力の強さを改めて再確認した。

眉間《みけん》に指を当て、深呼吸を二回。親切でしてくれたことなのだ。怒ってもしょうがない。

「どうした？」

「何でもありません」

二人は百貨店を出て、道を歩いている。マットアラストが数歩前を行き、ミレポックは彼についていくかたちだ。

「マットアラストさん、どうしてここに?」

「俺も休暇でね」

「ラスコール＝オセロを追うために?」

「そんなことはない。休暇さ」

嘘だと、ミレポックは思う。

マットアラストは、トロンボーンのケースを肩に下げていた。マットアラストが使う小銃、テノールが入っているケースだ。『怪物』事件でも、モッカニアの事件でも使われなかったこの銃。これを使うときの、マットアラストは本気だ。

今まで協力するそぶりなんか見せなかったくせに。何を考えているのか、わからない人だ。

「これからどこに?」

「ちょっと連れて行きたいところがある」

「はい」

なんのかんの言っても、これ以上心強い味方はいない。ミレポックはマットアラストに連れられて、市街電車に乗り込んだ。

フルベックの街を網《あみ》の目のように走る市街電車。複雑にうねる線路が、車と歩行者の間をすり抜けていく。その後部座席に、一人の女が座っていた。

歳《とし》の頃は、二十歳《はたち》過ぎか。錆《さ》びたような色の赤毛と、緑がかった青色の目。もう暖かくなっているのに、黒い男物のフロックコートを着込んでいる。その下から伸びるのは、赤いタイトなドレスと、黒い革靴。赤と黒という、目立つはずの服装なのに、景色の中に溶け込むように目立たない。暗い雰囲《ふんい》気《き》と、ごく自然に消された気配のせいだろう。

その女は、窓の景色を見るふりをしていた。

乱れた息と、胸の動悸《どうき》が聞こえてはいないかと、その女は不安に思う。視線は窓の外でも、注意は前方の座席に向けられている。前方に座る、マットアラスト＝バロリーと、ミレポック＝ファインデルの二人に。

女の名は、アルメ＝ノートンという。

アルメは、前方にいる二人の気配をじっと探る。二人がかりで仕掛けられては勝ち目がない。いざとなったら、窓を破って逃げる算段を立てる。

だが、マットアラストたちが自分に気づいている様子はなかった。

乗り合わせたのは偶然だろう。

思わず目線を向けてしまったせいで、気取《けど》られるかと思ったが、その心配もなさそうだ。ミレポック＝ファインデルが妙な格好をしているせいで、乗客の大半が、二人に注目している。アルメの視線もその中に紛れ込んでしまっているようだ。

「……」

前方から、かすかに話し声が聞こえる。アルメは自《みずか》らの魔法権利を発動させた。その体から、不可視不可触《ふかしふかしょく》の糸がざわりと放出される。数本の糸が前方に伸び、二人の体にまとわりつく。

能力の名は触覚糸《しょつかくし》。神溺教団の宿敵ハミュッツ＝メセタと同じ能力を、アルメは保持していた。

糸を通じて、二人の会話が伝わって来る。

「……そういえば、パーニィ＝パールマンタのシネマは見た？」

「いいえ、全く」

「シネマは見ない？」

「ええ」

マットアラストが肩をすくめる。

「固いな。これからはオペラや舞台劇じゃなくてシネマの時代になっていく。シネマは新時代の芸術だと俺は思うね」

「芸術にそもそも興味がありません」

「そうかい」

くだらない話をしていると、アルメは思った。

「シネマに詳《くわ》しいのですか？」

「多少は」

「パーニィ＝パールマンタのことも？」

「飽きるほど観《み》たね」

「……どう思いますか？　彼女のことを」

「あんまり好きじゃないな。良かったのは『タニーゼ平原の決闘』だけど、あれはシロン役のルイズの演技が光ってたからだろうな」

「そういうことを聞いているのではないのですが」

「ルイズの演技は本当に良かったよ。邪悪に徹しきった思い切りの良さといい、悪女の魅力の完成形だね。まあ、実物のシロンを知ったあとだと、複雑な気分だけど」

「だからそういうことを聞いているのではないのですが」

実にくだらない。触覚糸を引っ込めた。

だが、話の内容から推測できる。おそらく、パーニィ＝パールマンタの『本』を探しに来たのだろう。ラスコールを追うために。

アルメは、心の中で嘲《あざけ》り笑う。

貴様らごときに、探れるラスコールか。そう思って、彼女は電車を降りた。横を通り過ぎる彼女に二人は目も向けなかった。

ミレポックたちを乗せた市街電車は、穏《おだ》やかに街の中を進んだ。日は落ちかけ、少しくすんだ夕日が窓から見える。

しばらくして、市街電車は終点近くの駅に着いた。マットアラストが降り、ミレポックもあとに続く。

「……どこへ？」

「すぐだよ」

と、マットアラストは言った。本当にすぐだった。駅の横にあったパブに、マットアラストは入っていく。

扉を開けると、顔をしかめたくなるような音楽が響いてきた。

椅子《いす》のない立ち飲みのパブだった。店の中心には、五、六人が演奏できそうなステージがある。中心では太った美女が、高らかに歌っている。伴奏《ばんそう》はサキソフォーンとピアノ、ウッドベースとマンバリン。ここはどういうところですか、とミレポックは聞こうとした。

その時、マットアラストに近づいてくる一人の男。

「マットアラスト。まだ生きてたのか」

一瞬、ミレポックが身構える。

「残念ながら、死にそこねているよ」

マットアラストが答えると、その背中を男が笑いながら叩《たた》いた。

「この野郎、何年顔出さなかったと思ってんだ。死んだと思って追悼《ついとう》集会開いちまったぞ」

「気が早いよ。あと五年は待て」

二人は笑いあう。マットアラストは奥のテーブルに着き、ミレポックもあとに続く。

「俺はバーボン。この子はライムジュースを」

そう言いながら、マットアラストは、トロンボーンのケースを肩から下ろした。

ミレポックが思わず身を乗り出す。

マットアラストが蓋《ふた》を開ける。中には、トロンボーンが入っていた。

「……………」

しばし、ケースの中身をミレポックは見つめていた。トロンボーンのケースにトロンボーンを入れる。実に当たり前のことだった。

「吹けるかい?」

「すぐにでも」

マットアラストはトロンボーンを手早く組み立て、店の中央の舞台に上る。

「マットアラスト、『おお懐《なつ》かしのルマンタ』吹けるかしら?」

歌を歌う女性が、話しかける。

「任せろ。腕は落ちちゃいない」

トロンボーンの静かな前奏が始まった。ウッドベースとピアノがそれに併《あわ》せ、マンバリンが歌いだす。ミレポックはそれをじっと見つめている。

一曲終えると、マットアラストはステージを降りた。

「マットアラストさん。これはどういうことですか?」

「ここは音楽好きがよく集まるんだ。客に飛び入りで演奏させるのを売りにしてて、アマチュアの上手《うま》い奴《やつ》らが毎日ここで遊んでるんだ」

「なるほどそうですか。ここには何をしに来たのでしょう」

「言っただろ、だから、休暇だって」

ミレポックは無言で財布を出し、小銭をテーブルの上に置いた。

「まだ注文も来てないよ」

「ライムジュースはあげますから飲んでください」

ミレポックは混雑した店の客を押しのけながら出口に向かう。

「待った、ミレポック」

振り向く。マットアラストの表情が、戦うときの顔に切り替わっていた。

「何かあったら、すぐに呼べるよう、思考はずっと繫《つな》いでおいてくれ」

ミレポックは少し笑い、魔法権利を行使する。

（わかりました）

（それでいい）

マットアラストは手を振る。

（それと、もう一つ。カロン＝ケイという人物を訪ねてみるといい）

（何者ですか？）

（保安官だ。五番街の二十三番地。アパートの五階だ。ラスコール＝オセロに詳しい）

（なぜ、その人がラスコールのことを？）

（行けばわかる）

急に黙った二人に、周囲の客たちは少し戸惑う。

（何かあったら、呼びますから。そのときまでゆっくりしていてください）

「了解」

マットアラストは口に出した。


その時、アルメはミレポックたちのいるパブの、裏手にいた。触覚糸がパブの中に伸び、マットアラストたちに触れている。ミレポックが出て行くのをアルメは感じていた。

「ミレポックは何をしに来たんだ」

アルメは呟く。そして、どちらを監視するか迷う。決断には一秒もかからない。ミレポックを尾行《びこう》し始めた。

触覚糸の真価は尾行にある。追跡するだけなら、マットアラストクラスの相手でもわけはない。アルメは自分が尾行不可能なのは、同じ能力を持つハミュッツ一人と自負していた。


ミレポックがたどり着いたアパートは、ひどく古びた、狭いアパートだった。

「マットアラスト？」

カロン＝ケイなる保安官は、ミレポックの言葉に首をかしげた。皺《しわ》っぽいシャツと膝《ひざ》の擦《す》り切れたズボンに身を包んだ、冴《さ》えない男だった。

「はい。彼に教えられて来たのですが。ご存知では？」

「ええ、昨日来ました」

そう言ってカロンはミレポックを部屋の中に案内する。

「それで、ラスコール＝オセロのことを聞きに来たんですね？」

「はい。ですが、その前に自己紹介を願えるでしょうか」

「いえ、名乗るほどのものではないんですが、カロン＝ケイ。平の保安官です。よろしく」

「武装司書ミレポック＝ファインデル。ラスコール＝オセロの調査に来ました」

雰囲気でわかる。この男と神溺教団のつながりはないだろう。急に武装司書が訪ねてきて、戸惑っている様子は見えるが、殺気や敵意、警戒《けいかい》感などは窺《うかが》えない。

二人は同時に口を開いた。

「どうしてラスコールを」

「なぜラスコールを？」

ミレポックは言う。

「お先にどうぞ」

「ええ……実を言うと、俺はパーニィ＝パールマンタの事件を担当していたのです」

「………」

「パーニィはラスコールなる人物を探していました、だから何か関係があるのではないかと思っていたのですが」

カロンは本棚を指さす。そこには古文書《こもんじょ》や、絵本、童話などがぎっしり詰まっていた。

「だんだん調べるのが面白《おもしろ》くなってしまいましてね。どうも、自分は凝《こ》り性だったらしいです」

ミレポックはたいした品揃《しなぞろ》えだと感心する。ちょっとした文学研究者の研究室だ。趣味でやっているのだとしたら、相当のものだろう。カロンが聞いてくる。

「ラスコール＝オセロのことはご存知ですね」

「はい。少女の『本』を思い人に運ぶ、謎の『本』屋。そういう噂を聞き及んでいます」

ミレポックが答える。カロンは本棚から数冊の本を抜き出す。

「一般的にはそうなっていますね。ですが、調べていくうちにわかったのですが、その噂は最近できたものではないようなのです」

抜き出したのは、古い絵本だった。

「俺の調べではラスコール＝オセロの伝説は少なくとも五百年以上昔から存在しています」

古風な絵柄と飾り字の、絵本をミレポックに見せる。

「たとえばこれは三百年ほど前に書かれたものです。民間に伝わっているおとぎ話を集めたものなのですが、この中にラスコール＝オセロが登場します」

ミレポックは絵本をぱらぱらと捲《めく》っていく。

「ある国に、悪い王様と心優しい王子がいました。王子は王様のやることに心を痛めていて……途中ちょっと飛ばします……いろいろあったあとに、王様は王子の『本』を見て改心するという話です。王様のところに『本』を運ぶ魔法使いがラスコール＝オセロという名前です」

「なるほど」

三角帽子に杖《つえ》をついた、老婆《ろうば》姿の魔女のさし絵を見つける。王様らしき人物と話しているその魔女が、ラスコール＝オセロなのだろう。

「恋する乙女《おとめ》の『本』を運ぶ、という噂話とはすこし違いますね」

「そうですね。古い伝承《でんしょう》には、そういう恋する乙女の話というのはあまり出てきません。別の話もありますよ。こっちでは、怪物を倒すために冒険する勇者に、怪物を倒す手段が記された『本』を授ける、という形で出てきます」

ミレポックはその中を見る。今度のラスコールは、小さな少年の姿だった。

絵本を読んでみる。怪物を倒す勇者が、ラスコール＝オセロに問いかける場面が目についた。

『偉大なる魔法使いラスコールよ。どうかあなたの力をお貸しください』

『勇者よ、それはなりません。この世界が、一つの物語ならば、私はそれを読むものでございますから』

その一文が妙に印象に残った。

「………なるほど」

「他にもいろんな話があります。形はさまざまですが、共通しているのは『本』を運ぶ魔法使いであるということですね」

ミレポックはしばし考える。

「しばらく前に、この街でラスコール＝オセロのことが噂になっていましたね」

「ええ本来、知る人ぞ知る、埃《ほこり》のたまった伝説だったのですがね。どういうわけなのでしょうかね。誰かが噂話を広めたのだと思うのですが……」

「誰が広めたのかは、わからない？」

「ええ」

カロンは笑う。まあ、武装司書にわからなかったものを彼に調べられたのでは、武装司書の面目《めんもく》が立たない。

「すこし、変わった話もありますよ」

もう一冊、絵本を取り出した。

「ある図書鉱山に悪い男がいて、『本』を売って金を稼《かせ》いでいたのですね。そしてある魔法使いが魔法で鉱山から『本』を取り上げてしまうんです。その魔法使いがラスコール＝オセロ」

ミレポックは絵本を見る。今度のラスコール＝オセロは貴族風《ふう》の青年だった。

「妙な話ですね。どんな魔法使いでも、『本』を掘り出せなくするなんて不可能なのに」

「まあ、おとぎ話ですからね」

「おとぎ話でもちょっと荒唐無稽《こうとうむけい》でしょう。過去神の技《わざ》を行える魔法使いなんて」

ミレポックは言った。

「まだまだありますよ……あれ？　どこに行ったのかな」

カロンは探し始める。ミレポックはそれをさえぎって、話しかける。

「それで、ラスコール＝オセロは実在すると思いますか？」

「ううん、実を言うと、それはないと思います」

意外な答えだった。こんなに熱心に調べているのだから、実在するに決まっているという答えが返ってくると思っていたのだが。

「では、ラスコール＝オセロとは何だと思いますか？」

カロンは考える。

「……偶然、ではないかと」

興味深い答えだった。

「ある人の『本』を、たまたまその人に縁《えん》のある人が読むということはありますよね。意図してではなく偶然に」

「そうですね」

「本来はただの偶然なのだけれども、読んだ人が、もしかしたら、誰かが私に『本』を運んでくれたのかもしれない、と思う。そうして『本』を運ぶ魔法使いの噂話が生まれる。噂話が伝説になり、やがて一人歩きを始める。

それがラスコール＝オセロなのではないかと思います」

ミレポックは感心する。実に合理的で、納得のできる考えだ。

「パーニィ＝パールマンタの事件については？」

「あれとも関係ないでしょう。あの時期、ラスコール＝オセロの噂話が広まっていた、ただそれだけのことですから」

「わかりました。ありがとうございます」

最後にミレポックは聞く。

「もしも、ラスコール＝オセロが実在するとしたら、どんな存在でしょうか」

「俺にはなんともいえません。ただ、実在するとしたら、人知を超えた存在でしょうね。そう、神さまに近い存在ではないかと」

カロンは冗談めかした口調で言った。ミレポックもカロンも、そんなものが存在するとは毛ほども思ってはいなかった。


カロンの家を出る。予想以上に多くのことがわかった。かつて武装司書が調べた以上のことを彼は知っていた。現在最もラスコールに詳しい男かもしれない。

「ハイザ、真面目に仕事してなかったわね」

ミレポックは呟く。

それにしても、ラスコールとはなんなのだろう。カロンに聞いた話と神溺教団とは、全く関係がない。そしてパーニィのこととも。

思えばラスコールの存在など、ただの自分の思いつきだ。無駄なことをしているのかもしれない。今さらながらに、そんなことを考えてしまう。

（ミレポック）

その時、マットアラストから思考が送られてきた。

（何かわかったかい？）

（いいえ、何も）

（これからどうする？）

（休暇は長く取っていますから、しばらく腰を落ち着けてみようと思いますが）

（……そうかい）

マットアラストの思考に、少し違和感を覚える。

（実を言うと、ミレポック。俺は多少怒っている）

（え？）

（休暇を取るのはかまわないよ。休みたいなら休めばいいさ。でも、これは違うだろう）

（……）

（休暇を取ってやっているんだから、自分の勝手だと君は言いたいんだろうが、そういう問題じゃない。思いつきで行動されちゃ、全体に迷惑がかかるんだ。思いつきが正しいかどうかに拘《かか》わらずね）

（……）

（あえて、やめろとは言わない。休暇をどう過ごそうが君の自由だ。だが怒っていることだけは伝えておく）

それだけ言って、マットアラストは思考を切った。

ミレポックは思わず立ち止まる。こういう風に怒られたのは、初めてだった。

その頃、アルメはミレポックを観察していた。思考共有で誰かと話しているが、その内容までは触覚糸では探れない。

やがて歩き出したミレポックを、なおもアルメは追う。

ミレポックがホテルに入ったのを確認し、監視をやめた。出していた触覚糸を引っ込める。引っ込めたとたんに、どっと疲れが押し寄せてきた。

ミレポックの泊まるホテルから、三百メートルほど離れた路地裏に、アルメはひっそりと立っていた。

「収穫はなかったな」

そう呟いて、アルメはその場から離れる。

ハミュッツと同じ触覚糸の能力を使うとはいえ、ハミュッツと同じようにはいかない。ハミュッツならば、数キロはなれた場所からミレポックを監視できただろうが、アルメには到底《とうてい》不可能だ。

アルメの触覚糸は、最大に伸ばして五百メートル。同時に出せるのは十本に満たない。ハミユッツのように街を触覚糸で覆《おお》い、探ることなどできはしない。アルメの存在は、それを逆説的に証明していた。最強なのは触覚糸ではない。ハミュッツが最強なのだ。

「……それにしても奴ら、何のつもりだ？」

アルメは呟いた。

ラスコール＝オセロを追ってこの街に来たのかと思っていたが、ミレポックは見当はずれの場所を探し、マットアラストは遊んでいる。足並みが揃《そろ》っていない。

とはいえ、連中が遊んでいるのは好都合だ。その間にパーニィの『本』を見つけ出せばいい。

周囲を警戒しながら、アルメは裏通りを行く。

中心街から一本、道をそれるだけで、街の空気はがらりと変わる。ガス灯の朧《おぼろ》な光が浮かび上がらせるのは、道のそこかしこに眠る浮浪者やアルコール中毒者の姿。彼らの前をまばらに通り過ぎる、疲れ果てた肉体労働者たち。表通りからはじき出されたものたちが集《つど》う道は、フルベックのもう一つの顔だった。

その街の片隅《かたすみ》にある、汚いテメネントをアルメは見つける。正面の玄関からは侵入しない。崩《くず》れそうな壁を蹴《け》って、屋根に駆け上《た》る。

屋根の上から一本だけ触覚糸を垂らし、中の様子を窺う。

「……ここか」

アルメの足元にあるのは、テメネントの一室。雑然とした部屋で、数人の男女が何か話していた。

「判断を誤ったな」

一人の声が聞こえる。一本だけの触覚糸では、声を聞くのが精一杯だった。アルメは声を聞き分けながら、中にいる人間を数えていく。

彼らは、アルメと同じ、神溺教団の擬人《ぎじん》たちだった。口喧《くちやかま》しく話し合いをしている。そんな大声を出したら、周りに聞こえてしまうぞとアルメは思った。

「どういうことだ?」

「この街にいるのは、マットアラストだけじゃない。ミレポック＝ファインデルまで来ている。俺たちのことが、バレたとしか思えない」

「そんな、バレるはずがないわ」

「でも、いるんだからしょうがないだろう!」

会話を聞きながら、アルメは人数を数えていく。今までで四人の声が聞こえてきた。

「まあ、待て。前後策を考えよう」

この声は聞き覚えがない。五人目。

「だからといって、どうするんだ?」

「上の連中が、悪いんだ。どうしてハミュッツ＝メセタなんかを殺さなくちゃいけないんだ。シガルやガンバンゼルが何もしてなければ、俺たちは平和に暮らせたんだ」

これで六人。

「真なる人の行いに口を挟《はさ》む気か！」

「………ハミュッツ＝メセタを倒しても、イレイアに、モッカニアに、マットアラストにボンボに、化け物ばかりじゃねえか。どだい、勝てる相手じゃねえんだ」

「……とにかく、これからどうする？」

「本部から戦士を呼んで、戦ってもらおう。それしかない」

アルメは、そこまで聞いて触覚糸を引っ込めた。中にいるのは、六人。全員、戦闘能力を持たない、一般人だ。それだけわかれば十分だ。

アルメは屋根から窓に身を躍《おど》らせる。狭い窓の隙間《すきま》から、ひらりと部屋の中に入り込む。

「戦士なら、もう来ている」

突然のことに驚く部屋の擬人たち。しばらくの戸惑いのあと、喜びの声が上がる。

「……おお！」

抱きつかんばかりに駆け寄ってくる女の体が、ぐらりと崩れた。

アルメの手の中にある、赤い錆《さび》の浮いた剣。その刃《やいば》が、血に染まっていた。腹を貫かれ、アルメにしがみつこうとした女の手を、赤い刃が斬《き》り飛ばす。切れ味の悪い剣が、鈍《にぶ》い打撃音を立てる。手首の先が飛んで壁に叩きつけられた。

「………な、ぜ」

皆殺しにするのに、二十秒もかからない。

アルメの刃が、狭い室内で躍る。斬るのではなく、叩いて砕《くだ》くための剣が骨と肉を壊してゆく。華麗《かれい》な殺戮劇《さつりく》とはほど遠い、ひどく現実的で、陰惨《いんさん》な光景。

五人の体が肉塊《にくかい》と化したところで、アルメは剣を止めた。

「……だ、れだ」

一人残された男が聞く。アルメは答える。

「アルメ＝ノートン」

その名を聞いて、男の蒼白《そうはく》だった顔色が、土気色《つちけいろ》に変わった。

面白いとアルメは思った。絶対に助からないことを悟ると、人の顔はこうなるのか。

「裏切り者の………アルメ」

「そのとおり。よく知ってるじゃないか」

「……なぜ、ここに？」

「聞かなきゃ、わからないか？」

「わからない」

「ラスコール＝オセロを殺すためさ」

「………な、ぜ？」

アルメは何も答えない。男はアルメに、すがりつくようにして言う。

「助けてくれ。もう、教団は辞《や》める。天国にいけなくてもいい。普通に生きていくから助けてくれ」

男の胸に、剣を突き出す。

「だめだね。お前たちは、シガルさまを侮辱《ぶじょく》した」

切れ味の悪い刃が、肋骨《ろっこつ》を突き砕く。折れた骨が肺に刺さる。

そして、大きく剣を振りかぶり、男の鎖骨《さこつ》あたりに叩き落とす。薪割《まきわ》りのように男は二つに両断された。

アルメは、床に散らばった数個の死体を見渡す。

「さて……さっき、シガルさまを侮辱したのは誰だ？」

死体の一つに剣を振り下ろす。

「お前かな？」

別の死体を斬る。

「それともお前？」

女の死体を踏み潰《つぶ》す。

「お前じゃないよなあ」

それから、数十分、アルメは動かぬ死体をいたぶり続けた。

フルベックを見下ろす摩天楼。その頂上に二人の人影があった。下からは遠すぎて、気がつくものはいないだろう。二人のうちの、片方が話しかけた。

「さて、舞台はこれで整ったかな。ラスコールよ、どう思う？」

もう片方の男……ラスコール＝オセロが答える。

「アルメと、ミレポック。二人とも、宝石のような少女でございます。私の正体にたどり着く可能性、必ずしもゼロではございません」

「そうかね」

「楽園管理者よ。あなた様もそう感じておられましょう」

男……楽園管理者は頷く。吹き上がる風が、二人の髪を巻き上げる。

「さて、動くかい？　ラスコール」

「時期尚早《しょうそう》でございましょう。しばらくは、傍観《ぼうかん》に回ることにいたします」

そう言って、ラスコールは踵《きびす》を返す。屋上の出入り口に歩き出す。

「あなた様はいかがなさいますか？」

「私もしばし見ていよう。マットアラストがどう動くか、見極《みきわ》めてからでも良いだろう」

「なるほど」

歩きながら、ラスコールの姿が消えうせていく。

「君を追うものは死ぬ。マットアラストはその意味を理解しているはずだ」

第二章　赤錆の浮いた女

ラスコール＝オセロ。

アルメを含めて、神溺《しんでき》教団に所属する全員が、その名前を知っている。

では、ラスコール＝オセロとは何者か。神溺教団のほぼ全員が、それを知らない。

男なのか、女なのか。個人の名前なのか、役職の名前なのか。何をしているのか、何もしていないのか。一人なのか、複数いるのか。実在するのか、しないのか。

誰もが知っていて、誰も知らない。それが、ラスコール＝オセロだった。


神溺教団に所属していたころ、アルメは仲間に、ラスコールのことを尋《たず》ねたことがある。

ウインケニーという男がいた。戦士でありながら、戦闘力を持たない男。毎日頭をカミソリで剃《そ》り続けるおかしな男だった。

「ラスコール＝オセロ？」

「ああ。知っているか？」

ウインケニーは腕を組んで、しばし考える。

「教団に入るとき、その名を聞いた。ラスコール＝オセロに認められるように頑張れと、楽園管理者が言っていたのを覚えている」

ロコロという男がいた。なかなかの戦闘力を持つが、軽薄で思慮《しりょ》浅い。仲間から軽視されている男だった。


「ラスコール＝オセロか。知っているぜ」

「何者だ？」

「神溺教団を守っているのはラスコール＝オセロだと、誰かが言っていた」

「どうやって守っているんだ？」

「それは、知らん」


ボラモットという男に聞いてみた。真人《しんじん》ガンバンゼルに仕《つか》えて、怪物を育てている男だ。アルメやウインケニーの教官を務めたこともあった。


「よくは知らんな。それに、答えるわけにはいかねえ」

「なぜ？」

「ガンバンゼルさまがおっしゃっていた。ラスコール＝オセロを追うものは死ぬと」

「どういうことだ？」

「それも聞くな。もし、あれに関《かか》わったら、俺は生きてはいられないらしい」

誰もが知っていて、誰も知らない。それがラスコール＝オセロ。

教団の味方なのか。味方だとしたら、なぜその正体を誰も知らないのか。そもそも実在するのかしないのか。何もわからない。

だが、一つはっきりとわかっている。アルメにとっては間違いなく敵だということが。

なぜならシガル＝クルケッサは、ラスコールに殺されたのだから。


アルメが裏道を歩く。雨は降っていないのに、そこかしこに土色《つちいろ》の水溜《みずた》まりがある。漏《も》れ溢《あふ》れた下水の汚水だった。歩くたびに、靴に水がしみこむ。

さっき殺した神溺教団の擬人《ぎじん》たちを、アルメはそのまま放置してきた。殺人を隠蔽《いんぺい》するどころか、死体を運んで捨てることすらしなかった。しばらくすれば、大騒ぎになるだろうが、知ったことではない。

アルメはふと足を止めた。

「………」

上を見上げる。バイオリンの音がかすかに聞こえてくる。アパートの二階に、一つだけ灯《とも》っている明かりに目を留める。

地を蹴《け》って飛ぶ。壁を蹴って、もう一度飛ぶ。アパートの窓ガラスを蹴り割って、中に踏み込んだ。

「な、な」

アパートの中で、一人の男がバイオリンを握っていた。安っぽい部屋は、名のある芸術家のものには見えない。路上のバイオリン弾きか、劇場の楽隊員だろう。

男は突然の事態に、椅子《いす》から転がり落ちる。

男が大声を上げる前に、アルメはぞろりと剣を抜いた。ついさっき人を殺してきたばかりの剣は、血すら拭《ふ》かれていない。髪の毛と皮膚《ひふ》と肉片がこびりついていた。

剣を見た男の顔が、凍《こお》りついたように引きつる。

「か、金はそこの戸棚に……」

男が戸棚を指さす。アルメを強盗だと思っているのだろう。アルメは戸棚に目もくれず、剣を男に向ける。

「弾け」

「な、な？」

「弾け」

「……弾く？」

バイオリン弾きは、震えながら弦《げん》を拾う。椅子に座りなおし、アルメに聞いてくる。

「な、何を？」

「好きなものを弾け」

そう言いながら、剣を男に近づける。

「………『波止場《はとば》』を」

男のバイオリンが、古いサイレントシネマの、テーマ曲を弾き始めた。アルメは静かに、それを聴いている。

男はちらちらと、アルメの顔を見ながらバイオリンを弾き続ける。曲が、一度目のクライマックスを終えたあたりで、アルメが動いた。

男には反応する暇《ひま》もない。剣を横薙《よこな》ぎに、首筋を骨ごと切り裂いた。

「腐った音色《ねいろ》だ」

と、アルメは噴水《ふんすい》のように血を流す男の体を見下ろしながら言った。

この殺人に意味はない。ただ、殺したいから殺した。

邪教と言われ、忌《い》み嫌われる神溺教団。その中ですら、アルメのように、無意味に人を殺すものは少ない。たしかに神溺教団は、目的のためならいくらでも人を殺す。しかし人を殺すことそのものを目的とするものはほとんどいない。例外はアルメと、かつてのエンリケぐらいだろう。

「手本を見せてやる」

アルメは男の死体にそう告げると、バイオリンと弦を拾い上げた。先ほどの剣を振るう手とは、まるで違う優雅《ゆうが》な手つきで、弦をバイオリンに当てる。

「………『波止場』だ」

バイオリンの奏《かな》でる音色は、さっきの持ち主よりも、明らかに美しい。技巧《ぎこう》という面に限れば殺された男のほうが上かもしれない。だが、平坦《へいたん》な、楽譜《がくふ》どおりの音色とは違う何かがあった。

その音色は、同じ曲とは思えないほど、おぞましく、悲しい。もしこの場に聴衆がいたならば、寒気を覚えていたに違いない。

「……………」

アルメの目に、涙が浮かんだ。

昔、この曲をシガルのために弾いた。シガルが好んだいくつかの曲の一つだった。

「君の音色は、美しいほどに邪悪だ」

在《あ》りし日のシガルは、アルメのバイオリンをそう褒《ほ》め称《たた》えた。

曲が終わると同時に、たまった涙が一筋、頰《ほお》を伝って床に落ちた。シガルは、アルメのことをわかってくれた唯一《ゆいいつ》の人だった。

彼はもうこの世にはいない。つまり、もうアルメの心をわかってくれるものは、どこにもいないということだ。


忘れもしない、一九二四年九月。アルメはイスモ共和国にある、隠れ家の一室にいた。そこでは、ささやかな祝宴が開かれていた。

出席しているのは、擬人を束ねる幹部たちだ。その顔ぶれはさまざまで、高名な企業の幹部や、裏社会の顔役、現代管理代行官の側近《そっきん》に、高名な政治家、ガンバンゼルの『怪物』と称されるザトウという男もいた。

世の中に露《あらわ》にはされない宴《うたげ》は、ハミュッツ＝メセタの死を記念した、前祝いだった。

「宿敵ハミュッツをシガルさまに討《う》ち取られては、俺たちの面目《めんもく》がないな」

と、戦闘部隊を指揮する幹部が言った。

「かまやしねえ。ハミュッツがくたばるなら、俺は他の連中を殺すだけさ」

『怪物』ザトウが答える。

「まったく、シガルさまには恐れ入る。ハミュッツを殺すばかりではなく、竜骸咳《りゅうがいぜき》の力でこの世を手にするおつもりだからな」

アルメは、彼らの会話には加われない。身分の低い彼女は触覚糸《しょっかくし》で周囲を警備するのが仕事だった。

誰もが、シガルの勝利を確信していた。シガルの計略は万全だった。

「そろそろ、台風が過ぎるころだな」

と、一人が言った。

その時、配下の一人が駆け込んできた。

「シガルさまが……敗《やぶ》れました」

宴席が、時間が止まったような静寂《せいじゃく》に包まれた。アルメの持っていた酒瓶《さかびん》が、床に落ちて割れた。

「負けるわけがない……誰に、誰に負けた？　マットアラストか？　イレイアか？」

「……肉、です。シガルさまが爆弾にしていた肉が、シガルさまを殺しました」

沈黙を、アルメの絶叫が切り裂いた。

「我らは何をしていたんだ！　シガルさまに加勢をしていればこんなことには……」

「しかし、加勢はいらないと言ったのはシガルさまではないか！」

「そうだ、シガルさまの目算が甘かったのだ」

「しかし、肉とは……そんなことがありうるのか」

一瞬で酔いの引いた幹部たちが、口から唾《つば》を飛ばしながら怒鳴りあっている。

その言葉は、アルメの耳の中を通り過ぎていく。彼女は床にへたり込んだまま、呆然《ぼうぜん》と座っていた。

「………はあ、くだらね」

と、ザトウが立ち上がった。

「結局、俺の出番かよ」

その言葉で、アルメの理性が消し飛んだ。

アルメが剣を振るい上げ、テーブルを斬《き》りつけた。斬る相手は誰でもよく、何でもよかった。ただ斬らずにはいられなかった。

突然の惑乱《わくらん》に、幹部たちが動転する。椅子を蹴《け》倒《たお》しながら逃げまどう。その彼らを、めちゃくちゃに振り回されるアルメの剣が追った。

「何だ、この女」

という一言と同時に、剣に布が巻きついた。十メートルほどの長さに伸びた、ザトウの服の袖《そで》だった。なんだこの能力は。

「シガルとなんかあったのか？」

そう言うと、ザトウは指先でアルメの額《ひたい》に触れた。触れると同時に、脳に衝撃が走った。何をされたのかを考える前に、目の前が暗くなった。


目を覚ますと、知らない部屋だった。

「……あの娘、三日も寝ておるぞ。もう目を覚まさないのではないか？」

「俺が知るかよ。死んだら食えばいいだけだ」

「まあ、そうじゃの」

「それよりも、この力、役に立つな」

アルメの隣で、ザトウと老人がそんなことを話していた。

あの老人は誰だ。そう思いながら、アルメは体を起こした。長く横たわっていたせいか、全身が痛む。

「ん、起きたか。つまらねえ」

と、ザトウが言った。その瞬間、老人の名を思い出した。アルメは、がばっ、と床に手をついた。

「さ、先ほどは……申し訳ありませんでした」

老人の名は、ガンバンゼル＝グロフ。真人の一人だ。

「妙な女だな。暴れまわったと思ったら、今度は土下座《どげざ》か」

「そういう娘なのだよ。従順なことで有名な娘じゃ」

ガンバンゼルが、床を指し示した。アルメはもう一度床に頭をこすりつける。ガンバンゼルは楽しそうに、ザトウはつまらなそうにそれを見ていた。

「おほ、おほほほほ。いいのう従順な娘は」

とガンバンゼルが笑う。屈辱《くつじょく》に歯の根を震わせながら、アルメは笑い声を聞いている。この老人は、自分を見下している。たとえ真人だとしても、そんなことは許したくはない。

だが、今のアルメにはそうする他はない。身分の差は絶対のものだからだ。

「そうそう、お前に話があったのだよ。シガルが死んだときのこと、教えてやろうと思ってな。知りたかろう？」

「ありがとうございます」

アルメは平伏《ひれふ》しながら言う。

「それ、なんか意味あんの？」

「黙れ黙れザトウめ。ワシは博愛主義者なんじゃ」

「くだらね」

と、一言いい残して、ザトウは去っていく。

「ザトウは放っておけ。それよりもシガルのことだよ。いやいや面白《おもしろ》い。これはたいそう愉快《ゆかい》な見ものじゃよ」

ガンバンゼルのもとに届いていた、顚末《てんまつ》の報告。平伏しながらアルメはそれを聞いた。

「……といぅ話じゃよ。わかったかの？」

「はい」

作戦は、誰もが思っていたように完全だった。コリオ＝トニスという不確定要素を除いては。なぜこんなことになった？　決まっている。この肉に、シロンの『本』が渡ったからだ。

「ガンバンゼルさま。なぜ、肉がシロンの『本』を持っていたのですか？」

「ふむ、ワシに聞かれてもの」

「あの『本』は、ラスコール＝オセロが持っていたはずです。なぜ、肉が持っていたのですか」

「ラスコールが渡したのだろうよ」

「ラスコール＝オセロというのは、我らの仲間ではなかったのですか？」

ガンバンゼルは、笑った。

「あれは、我らとはそもそもの在《あ》りようが違うわ。あれの考えなど知ったことではないわ」

「そんな……」

アルメが絶句する。ガンバンゼルが、言葉を投げかける。

「あるいは、シガルは、捨てられたのかもしれんの」

「……捨てられた？　それはいったい」

話を続けようとした刹那《せつな》、アルメは後頭部を踏みつけられた。

「おっと、言葉が過ぎたわ。おしゃべりはほどほどが肝要《かんよう》」

「……………」

「娘よ。お前も神溺教団の一員じゃろう。首を突っ込むのもここまでにしておけ。天国へいきたいなら、ラスコールを探ってはならん。おぬしも天国へいきたいのだろう？」

アルメは頷《うなず》かなかった。頭を踏まれていたからではない。アルメには、天国へいくことよりも、もっと大切なものがあったからだ。

惑乱《わくらん》した咎《とが》で、アルメは連絡員に降格された。擬人の中でも最低の役職だ。表向きは今までどおり教団に仕えながら、アルメは憎《にく》しみを燃やし続けていた。退屈な時間は憎しみを薄れさせはしない。炙《あぶ》られる鉄のように、熱は高まっていく。

アルメは思う。

ハミュッツ＝メセタ。

無論、殺す。シガルさまを殺した張本人だ。

コリオ＝トニス。シロン＝ブーヤコーニッシュ。

すでに死んでいることが口惜《くや》しくてならない。生き返らせることができるなら、生き返らせてもう一度殺す。

ミレポック＝ファインデルとマットアラスト＝バロリー。

役立たずどもだが、ハミュッツと同罪だ。殺す。

そして、ラスコール＝オセロ。

なぜ、シガルさまを死なせた。前の全員と同罪。いや、最も重罪だ。殺す。見つけ出して、必ず殺す。


連絡員として働きながら、アルメは教団の機密情報を探りはじめた。暗号を解読し、幹部たちの話を盗聴し、ラスコール＝オセロの手がかりを探す。

機密は、容易には触れられない。苦難の果て、アルメは一つの手がかりに行き当たった。

ガンバンゼルが死んだあと、死後の処置に関する連絡文書に、憎むべき名前を見つけたのだ。

『怪物の島に置き去りになっている、ハイザの『本』についての処置はどうしますか。彼はパーニィ＝パールマンタに会っています』

その連絡に対し、楽園管理者はこう答えていた。

『放置。ハイザの『本』からラスコールにたどり着く可能性は極《きわ》めて低い』

それを読んだアルメは、神溺教団の任務を捨て、教団の研究所を訪れた。

「どうした、アルメか」

そこにいたのは、ウインケニーだった。アルメは運よく、彼と顔見知りだった。

「楽園管理者からの連絡だ。バントーラ図書館を襲撃《しゅうげき》する際、ハイザの『本』を奪え」

「妙な命令だな……ハミュッツを倒すことに専念させてもらいたいのだが」

ウインケニーは不審《ふしん》がる。

「本命はハミュッツだ。ハイザの『本』は余裕があったらでかまわないそうだ」

「了解した。おそらく可能だろう」

「発見したらあたしが駆けつける。あたしに渡せ」

それは布石《ふせき》だった。ハイザなる武装司書の『本』に何が書いてあるのかはわからないが、おそらくたいした手がかりではないだろう。

本命は、もう一つの情報。パーニィ＝パールマンタの『本』なのだから。

その『本』がフルベックにあることは突き止めた。ミレポックたちには渡さない。そして、神溺教団の連中にも。

ラスコールが、絶対の秘密だというのなら、暴《あば》いてやろう。それがシガルを死なせた報《むく》いなのだから。


次の日、ミレポックは車をチャーターして、フルベックの郊外へ向かっていた。フルベックの郊外には、高級住宅街が広がっている。煩雑《はんざつ》で狭苦しい中心街を離れ、広い邸宅《ていたく》を構える人たちが住んでいるのだ。

（多少、怒っている）

車の後部座席で、ミレポックはマットアラストの言葉を思い返していた。

彼が言ったのは、当たり前のことだ。その当たり前のことに気がつけなかった自分がショックだった。

だが考えるのは後回しにする。バントーラに戻れとは言われていない。やれるところまでは、やる。それだけだ。

車はその一角にある、邸宅の前で停《と》まった。大層な造《つく》りの門は、バントーラ図書館地下迷宮の入り口に匹敵《ひってき》する大きさだ。ミレポックは車を降り、門へと歩く。

「……何の用だ」

その前に、門番が立っている。その物腰から、なかなかに使える手合いであることを見て取った。あくまでも、魔法を使えない一般人としては、だが。

「何の用だ！」

ミレポックは黙っている。

「ここが誰の家かわかっているのか？」

「盗『本』組織の元締め、キース＝クリンの邸宅でしょう？」

ミレポックは言った。男の体に殺気が満ちる。

「そちらこそ、私が誰だかわかっている？」

胸元につけている、錠前《じょうまえ》のエンブレムをちらりと見せる。

「……武装司書？」

門番が怯《ひる》む。

「通しなさい」

高圧的だった門番の態度が、ころりと変わった。

「……キース様は、現在急病でお会いすることができません」

「通しなさい、とだけ言ったのよ。聞こえなかった？」

ミレポックが一歩近づく。門番がとっさに、腰の銃に手を伸ばしかける。ミレポックは冷たい目でそれを見る。

「どうしたのかしら。撃たないの？」

その言葉につられて、門番が銃を抜く。ミレポックの手が動く。剣を抜く手は、男には見えもしなかっただろう。門番の放った銃弾は、軽く握った細剣の柄《つか》ではじかれていた。門番は銃を構えながら絶句する。

「その銃、一般人用でしょう？　それでは武装司書は撃てないわよ」

ミレポックが歩み寄る。

「無駄だとわかったら、通させてもらうわよ」

スカートを押さえながら跳躍《ちょうやく》し、門を飛び越えて庭の中に降り立った。


「……その、我々が『本』を盗んで売りさばいているというのは全くの誤解でして」

信じられないほど太った男が、せわしなく汗《あせ》を拭きながら話す。盗『本』組織の元締め、キース＝クリンだ。

キースは、何事もなかったかのようにミレポックに応対している。事を荒立てずに追い返したいのだろう。

「我々は、『本』を純粋な芸術品として愛好し、イスモ共和国政府の許可を受けまして、武装司書の方々に協力すべく『本』を管理しております」

元締めは聞かれてもいないのに言い訳をまくしたてる。何が純粋な芸術だ、とミレポックは胸がムカつく。

彼らが『本』を集める目的は、性的な興味のため。つまるところ、ポルノだ。

普通の女性の『本』でも、好事家《こうずか》からはかなりの値《ね》がつく。高級娼婦《しょうふ》や名の知られた美人の『本』は一般人には一生働いても手が届かない。世界に名の知られた美女の『本』ならば、それこそ一冊で城が建つ。

法の目をかいくぐり、時に法律を楯《たて》にして、彼らはその薄汚い商売を行っている。昔の武装司書ならば、問答無用で斬殺《ざんさつ》しているところだ。だが人権保護が叫ばれる最近ではそういうわけにもいかない。

もし自分の『本』がそんなことのために売られると思ったら、吐き気がする。家ごと焼いてやろうかとミレポックは思う。

「能書きは結構。パーニィ＝パールマンタの『本』はどこにあるの？」

ミレポックは駆け引き抜きで本題に入る。キースの、ただでさえ流しっぱなしの汗が、さらに噴《ふ》き出る。

「そういうことを私どもに聞かれましても……」

「バントーラ図書館には収められていないわ。すでに発掘されていて、この街のどこかにあるということもわかっている」

「それはあくまでも噂《うわさ》に過ぎませんのでねえ……それよりも、とっておきの葡萄酒《ぶどうしゅ》がありまして、ぜひお近づきの記念に」

何がどう記念なのか。

「けっこう！」

ミレポックは、それからもキースを締め上げようとする。

だがキースは容易に口を割らない。のらりくらりとかわしていく。口ではミレポックに協力すると言いながら、その気がないのは明白だ。

「そうですか。御高説ありがたくいただいたわ」

ついに痺《しび》れを切らしてミレポックは席を立つ。逃げおおせたキースは喜色満面《きしょくまんめん》だ。

「おい、武装司書さんに車を出してくれ。私も見送りに行きましょう」

「要《い》りません！」

ミレポックは、ドアを叩《たた》き壊すようにして出ていった。

乗って来た車は帰らせてしまった。街までかなり歩くことになるが、あの連中の車を借りるよりは遥《はる》かにましだ。一時間も歩いただろうか。ミレポックの横に、車が停められた。先ほどの門番が乗っていた。

「見送りはけっこうと言ったはずです！」

ミレポックが怒鳴りつけるが、なにか様子が違うことに気がついた。

「頼む……いや、頼みます。助けてください」

門番が、恐れおののいている。

「なに？」

「殺されます。化け物が、襲《おそ》ってきました」

門番を運転席から突き飛ばし、ミレポックは車に乗り込んだ。事故すれすれの運転でキースの邸宅に戻る。

タイヤから煙を出しながら門の横に停め、ミレポックは中に駆け込む。

門の前で、女の使用人が泣いている。その横では別の使用人が、うずくまって震えていた。

「……なに、これ」

血を流しているもの、返り血を浴びているもの。誰もがおびえきっている。

「中は？」

彼らに問う。しかし、首を横に振るばかりで、埒《らち》が明かない。ミレポックは剣を抜き、邸宅の中に駆け込んでいく。

中は、静かだった。いくつかの、まだ新しい死体を見つける。殺されたのは、使用人たちだろう。傷口は重い刃物で一撃。かなりの腕だ。辺《あた》りに転がっている死体は全《すべ》て同一の凶器によるものだった。

皆殺しにしてやろうかと思った男たちだが、本当に皆殺しにされると喜びではなく義憤《ぎふん》が湧《わ》く。周囲に神経を配りながら、ミレポックはキースのいた部屋へと向かう。

「……キース！　生きているの？」

赤い絨毯《じゆうたん》の敷き詰められた廊下を歩く。歩いていると、横で音がした。水滴が落ちるような音だ。思わず、そちらを向く。

その時、頭の中で声がした。

（ミレポ、避《よ》けろ）

瞬間、ミレポックは床に体を這《は》わせた。鋭い何かが頭を掠《かす》めて、目の前に血が舞い散った。

ミレポックは立ち上がり、飛びのきながら上を見る。

天井に、女がへばりついていた。片手と両足で天井の突起《とっき》に摑《つか》まり、空《あ》いた手で剣を振るっていた。赤い錆《さび》の浮いた剣が血に染まり、断続的に水滴を流していた。

「なぜ、かわせた？」

女が、天井を蹴って床に降り立つ。

（……まだ、生きてるか？　ミレポック）

呼びかけてくる思考に、ミレポックは答える。

（はい、ありがとうございます）

声を送ってきたのは、マットアラストだった。ずっとやり取りはしていなかったが、言われたとおり思考はつないでいた。彼はずっと、ミレポックの二秒後を予知し続けていたのだ。

「貴様……何者だ」

ミレポックが問う。

「死ね」

端的《たんてき》な返答だった。横薙ぎに払われた一撃を、ミレポックは細剣の根元で受ける。細剣がわずかにゆがんだ。

とっさに蹴りで相手を突き放す。蹴ったミレポックも後ろに飛び、二人の間合いは十メートルほどに広がる。すぐさま追撃をかける敵。後ろに下がりながらそれを避ける。

ひらひらして動きにくいと思っていたドレスだが、意外にそうでもないことに気がついた。いざ戦いが始まれば、スカートの裾《すそ》など気にしている余裕はないのだ。

「神溺教団か」

ミレポックはなおも問いかける。返答はない。じっと、ミレポックを観察している。改めてミレポックは、向かい合っている相手の姿を見る。

黒い男物のフロックコート。コートの隙間《すきま》から、タイトなドレスに身を包んだ、浅黒い肌《はだ》が見える。錆《さ》びたような色の赤毛。妙に幼い顔立ちと、冷たくミレポックを睨《にら》む目。

「妙な剣ね」

ミレポックは呟《つぶや》く。短いが分厚い直剣。刀身《とうしん》には赤錆が浮いている。あの状態では、ほとんど打撃武器としてしか使えないはず。

いや、違う。ゆがんだ細剣を見て、ミレポックは気がつく。打撃武器として使っているのだ。彼女の腕力ならば、切れ味は不要という判断か。切れ味を犠牲《ぎせい》にして武器としての耐久性を高めているのだろう。合理的だ。

感心している暇はない。赤錆の剣の女が、床を蹴る。

危険なのは頭上から落とされる剣ではない。下からの蹴りだ。のけぞって剣をかわし、蹴りを膝《ひざ》で受ける。膝の皿が軋《きし》んだ。

(マットアラストさん。今どこですか?)

(あと十五分。敵は?)

(一人。能力はまだ不明です)

十五分。微妙な時間だ。敵の剣撃《けんげき》を避けながら思う。膠着《こうちゃく》状態が続けばあっという間に過ぎていくが、短期決戦に持ち込まれたら間に合わない。

突殺《とっさつ》を主体とするミレポックの剣に対し、赤錆の女のものは振り回して撲殺《ぼくさつ》する型の剣だ。弧《こ》と直線の差で、わずかにミレポックのほうが速い。だが確実に仕留《しと》める体勢を作らねば、相打ちになる。

技量も、身体能力も五分と五分。だが敵の特殊能力はいまだわからない。どうする。

じりじりと、赤錆の女が間合いを詰めてくる。ミレポックは隙を作らないようにゆっくりと後退する。

と、そのとき赤錆の女が、前進を止《や》めた。

「それじゃあだめだよ、お嬢ちゃん」

「……だめ?」

「それじゃあ、勝てない。攻めて来いよ」

赤錆の女が、わざと無防備に近づいてくる。慎重を期すミレポックは動かない。これは好機ではない。今攻めれば術中にはまる。

「へえ、そういうことかよ」

赤錆の女が笑う。何がおかしい。

「お前、人を殺したことないだろ」

ミレポックが、目を見開く。動揺を赤錆の女は見て取る。それと同時に、身を翻《ひるがえ》した。ミレポックはとっさに銃を抜き、撃つ。赤錆の女は軽々とかわす。

「……………」

逃げられた。ミレポックは、口惜しさを噛《か》み締める。

ショックなのは、逃がしたことではない。

長く戦いの日々を送っていながら、ミレポックはまだ、その手で人を殺したことがない。

それを一目で見抜かれたことだった。


戦いが終わったあと、ベッドの下に隠れているキースを見つけた。足と尻《しり》が、ベッドからはみ出している。土の中に顔を埋めた七面鳥《しちめんちょう》のようだった。

「もう、敵はいません。出てきてください」

「い、いやだ。また来るに決まっている」

ミレポックはため息をつく。そこに、ようやくマットアラストが駆けつけた。

「何が起こったんだ？」

「わかりません。今聞くところです」

そう言いながら、キースを指し示す。

「私にだってわからない。突然やってきて、何も言わずに剣を振りまわし始めたんだ」

「その後は？」

「……………それは」

「答えろ」

マットアラストが、ベッドを軽く蹴る。中で、ひ、と声が上がった。

「隠し立てはしないほうがいい」

「わかった。だから、助けてくれ」

キースは、赤錆の女が襲撃したときのことを語りだした。

三十分前。キースの邸宅をアルメは襲っていた。ミレポックのように、相手を気遣《きづか》うことはしない。キースに見せつけるように、一人ひとり斬殺してまわった。

キースは無様《ぶざま》に、ベッドの下に隠れていた。アルメはベッドに剣を突きつける。

「……………パーニィ＝パールマンタの『本』はどこだ？」

「知らない。本当に知らないんだ」

「お前も、知らないのか？」

「みんなは、私が持っていると思ってるんだ。でも、本当は持っていない。噂には聞くんだ。でも、見たことはない」

「探しはしなかったのか？」

「探したさ。でも、パーニィの『本』を探そうとした人は、みな死んでいる」

「そうか」

それだけ聞ければ十分だ。アルメはミレポックとの戦いに備える。


その後の、ミレポックとの戦いは、アルメの予定どおりに進行した。アルメは一撃で仕留められなかった時点で、逃げるつもりだった。それは難なく成功した。

逃げたのは、ミレポックからではない。マットアラストからだ。ミレポックが思考共有で、マットアラストに呼びかけているのは、表情でわかった。

戦ってわかった。ミレポックは敵ではない。あとでどうにでもなる。

技量はある。だが、決定的に精神が弱い。攻撃に必殺の気迫がまるでない。

「……………人を殺したことないだろ」

その言葉に、笑えるほど動揺していた。アルメは、思い出し笑いをこらえていた。

キースが赤錆の女の言葉を語り終える。

「これで全部だ。嘘《うそ》は言っていない」

震えるキースを残して、二人は部屋をあとにした。

「おい、助けてくれないのか？」

キースがうろたえるが、二人は無視する。

「これで、はっきりしましたね」

ミレポックが言った。

「敵は私たちを襲い、なおかつパーニィ＝パールマンタの『本』を探している。神溺教団とラスコール＝オセロは、つながっていると見て間違いありません」

「……君が、正しかったということか」

ミレポックは大きく頷く。

「しかし、ラスコール＝オセロとはいったい何者なのでしょうか」

マットアラストは答える。

「わからん。見当もつかんよ」

マットアラストが嘘をついたことを、ミレポックは見抜けない。このときも、そしてその後も。

自《みずか》ら、天性の嘘つきと称する男と、正直者を自負する少女。越えられない差が、二人の間にはあった。

第三章　天国の思い出

二人はホテルへと戻った。ミレポックの部屋で、コーヒーを飲みながら話し合っている。カロンからもらった、一冊の冊子《さっし》が目の前にあった。やや興奮《こうふん》気味のミレポックに対し、マットアラストはどういうわけかひどく憂鬱《ゆううつ》そうだ。黙って、絵本を見つめながら、パイプを吹かしている。

「このおとぎ話と、神溺《しんでき》教団。どんなつながりがあるのでしょうか」

ミレポックは返事を待つ。だがマットアラストは、何も答えない。仕方なく、ミレポックはその続きを自分で喋《しゃべ》る。

「おそらくですが、神溺教団の信徒の『本』が出土しないのは、このラスコール＝オセロの仕《し》業《わざ》と思われます」

「そうだね」

マットアラストは気のない返事をする。

「となると、ラスコール＝オセロというのは神溺教団の中核に近い存在といえます。奴《やつ》らが危険を冒してまで『本』を奪いに来る理由もわかる」

「とんだ大物を釣り上げたみたいだね」

どうしてマットアラストは浮かない顔をしているのだろう。謎に満ちていた神溺教団の中核に迫れるかもしれないというのに。

「あの赤錆《さび》の女に先を越されるわけにはいきません。先を越される前に、パーニィの『本』を見つけないといけません」

「そうだね」

なおもマットアラストの声は浮かない。

「どうしたんですか、マットアラストさん」

「なんでもないよ」

と笑う。珍《めずら》しく、ひどく無理をした笑い方だった。

「よし」

マットアラストが立ち上がる。

「敵もパーニィ＝パールマンタの『本』を探している。現在、ラスコール＝オセロの手がかりになりそうなのは、パーニィの『本』だけだ。これを見つけるのを最優先に考えよう」

「はい」

「二手に分かれよう。君は、現存している資料や、彼女を知る人からパーニィ＝パールマンタのことを調べてくれ。俺はキースを従えて、パーニィ＝パールマンタの『本』を探す」

どこか消極的な作戦だが、異《い》を唱《とな》えることはしなかった。

マットアラストは立ち上がった。

「もう行くんですか？」

「ああ。君は明日から行動に移れ。あの赤錆の女に気をつけろよ」

そう言って、マットアラストは出て行った。


ミレポックはホテルに残った。明日から、と言われたが、どうにも寝つく気になれない。カロンから渡された絵本を眺《なが》めながら、一人思索《しさく》する。ラスコール＝オセロとは何者か。

ミレポックは目を閉じ、魔法権利を行使した。

（ノロティ）

思考の送り先は、バントーラ図書館にいるノロティだ。時差を考えれば、まだバントーラ図書館にいる時間帯だろう。

（ミレポックさんですか？）

（ノロティ。今、時間ある？）

（これから帰ろうと思っていたところですが……）

好都合だとミレポックは思った。休暇《きゅうか》中の身で、後輩をこき使うのは気が引けるが、この際ノロティには我慢《がまん》してもらおう。

（頼みがあるのだけど、聞いてくれる？）

（はい）

こういうときに、躊躇《ちゅうちょ》なく、はい、と言うのが、ノロティの美点であり欠点だ。

（ハイザの『本』を読みに行ってほしいの）

（………はい、わかりました）

ハイザの『本』は、図書館の館長代行室で、厳重な警備の下に保管されているはずだ。だが見るだけならば、別に不都合もないはずだ。

（代行に許可とって来ますから、ちょっと待っててください）

ノロティから送られてくる思考が途切れた。代行に見せてもらえるよう、交渉《こうしょう》しているのだろう。

（許可下りました。これから見ます）

（わかったわ。ちょっと待って）

ミレポックは意識を集中する。ノロティが読んだ『本』の記憶を共有できるように。

（………よし、いいわ、ノロティ）

いつもよりも強く思考を繋《つな》ぎあったのを確認する。

（どのあたりを読みますか？）

（ラスコール＝オセロの調査をしているところを）

ノロティに、ハイザの『本』の記憶が流れ込んでくるのを感じる。それをミレポックは読み取っていく。

ラスコール＝オセロの調査の中で、ハイザが話を聞いたのは、パーニィ＝パールマンタだけではない。他にもさまざまな人に会っていた。

その多くは、ただ誰かにラスコールの噂を聞いたというだけの人だ。だが、そうではない人がいることをノロティとミレポックは見つけていく。


「ラスコール＝オセロ？」

そう聞き返したのは、若い新聞記者だった。

「うん。聞いたことがあるよ、その話は。誰に聞いたのかな。覚えていないな」

若い新聞記者は、そっけなく言った。しかし、少し首をかしげて何かを考える。

「ただ、一つ気になることがあるな」

「それは？」

「これ、見てくれ」

新聞記者はハイザに一枚の新聞記事を見せた。

『連続銀行強盗団、緊急逮捕』

「この逮捕のきっかけは俺が作ったんだ。鉱山《こうざん》を取材してて、たまたま見つけた『本』が、この事件の被害者の一人だったんだ」

新聞記者は笑う。

「おかげで、俺の株は急上昇だ。もしかしたら、ラスコール＝オセロのお導きかもしれないね」

『本』を読みながら、ノロティが問いかけて来た。

（ミレポックさん、これ、何か意味があるんですか？）

（ごめんなさい、もう少し続けて）


一人の青年が、一冊の『本』を前に、静かにビールを傾けていた。

「これ、俺の古い馴《な》染《じ》みの女の『本』でさ」

青年は言った。

「知らなかったんだよ。彼女が俺を好きだったなんて。ずっと会わなかったから、もう忘れてると思ってた」

「それを、どこで手に入れたのですか？」

「『本』屋がさ、これあんたの知り合いだぜ、って言って売りに来たんだ」

「……………その『本』屋はどこに？」

「あんたら武装司書に逮捕されて、『本』屋をやめちまったよ」

「そうですか」

「ラスコール＝オセロが実在するかどうかは知らないが、あの『本』屋が俺にとってはラスコール＝オセロだったんだな」

一人の老婆《ろうば》が話していた。

「私にも何がなにやらわからないのです。ある朝起きたら、この『本』が家の中にありました」

そう言って老婆は、一冊の『本』を見せた。

「息子の『本』だったのです。ずっと昔に、家を出て行って……こうして帰ってきました」

老婆ははらはらと涙を流した。

「孝行息子です。こんな姿になってでも、帰って来てくれたのですから」

『本』を差し出しながら、老婆は言う。

「申し訳ありません。『本』は図書館に収めなければならんということは存じております。私も何度も図書館に送ろうと思ったのですが、どうにも名残惜《なごりお》しく……」

老婆はまた顔を伏せて泣く。ハイザは『本』を受け取った。

「……家の中のどこにありましたか」

「はい、家の郵便受けです。封筒に入れて、送ってこられたのです」

ハイザは、封筒を見た。送り先は、トアット鉱山。差出人の名前は書いてなかった。

(もういいわ。ありがとう、ノロティ)

そう言われ、ノロティは『本』の外に出た。

(ミレポックさんは、ラスコール＝オセロを探しているんですね)

ノロティが心配そうに思考を送ってきた。
(……ええ、そうよ)
(やっぱり、神溺教団に関《かか》わっているんですか？)
(調べているところよ。まだ何とも言えないわ)
(そうですか……)
ノロティが何かを考えている様子が、伝わってくる。
(でも、なんだかラスコール＝オセロって良い人そうですね)
(そうかしら)
(おばあさんに『本』を届けたり、男の人に『本』を届けたり、いいことしてますね)
(『本』は図書館に収めるものよ)
(あ、あ、ごめんなさい)
かわいらしく戸惑《とまど》うノロティの思考に、ミレポックは思わず笑う。
ミレポックは思考を切った。
「良い人、か」
ミレポックは呟《つぶや》く。ラスコール＝オセロのことだ。どうも腑《ふ》に落ちない。
ハイザが会った人々の話。
そして、カロンから聞いたラスコール＝オセロの伝説。

良い人に見えるというノロティの言葉も、確かに的《まと》を射《い》ている。神溺教団の一員というだけでは、説明のつかないものがあるとミレポックは思った。

やはり、最重要項目はパーニィの『本』とラスコール＝オセロの正体だ。

あの赤錆の女のことは、それほど重要とは思えない。ミレポックと五分か、ややミレポック不利程度。マットアラストならば問題にならない相手だろう。

ふと、さっきの戦いのことを思い出した。

「……殺したことがない、か」

赤錆の女はその事実を一目で見抜き、そしてあざ笑った。

だが、それがなんだ。ミレポックは後方支援の能力者。戦いの最前線に出ないのは当然のことだ。殺すべきときが来れば、必ず殺せる。そのときが来れば、決してためらうことはない。

だが、それでもミレポックは、赤錆の女に、何か敗北感のようなものを感じていた。


しばらく前に、ミレポックはエンリケと話した。もとは神溺教団の肉で、『怪物』ザトウの体を乗っ取った男だ。今は教団の協力者になっている。

エンリケと話すのを、ミレポックは少しだけためらった。ミレポックは以前、彼を殺せと、ノロティに命じたことがある。

しかし、エンリケはそれを気にしていないと言った。

「あの時点では、あれが当然の判断だろう」

ミレポックは少し、ほっとした。

「私もそう思っています。結果的にはノロティの判断が正しかった。ですが、それは結果論ですから」

「そうだな」

エンリケは暗い、冷徹《れいてつ》な目でミレポックを見る。

実際のところ、不安ではあった。ノロティの判断のほうが正しかったのではないかと。

「だが、俺はノロティを尊敬する」

「え？」

「あいつは、間違っているか、正しいかを問わない。あいつは自分のしたいことをする。あいつは俺とは違うし、たぶんお前とも違う」

「それは、武装司書として間違った行動です」

「だろうな」

エンリケと話したことは、それだけだった。

そう言えばミレポックはその時も、ノロティに何か言いようのない敗北感を覚えたのだ。自分は間違っていない。そう思いながらも、感じてしまうこの敗北感は、何なのだろうか。似ている。赤錆の女に感じた敗北感と、ノロティに感じた敗北感。

この気持ちは、何なのだろう。

そんなことを考えながら、ミレポックは眠りについた。

「マットアラストは動き出した。ミレポックはお休みか」

アルメは、二人の泊まっているホテルを監視している。ミレポックの部屋の明かりが、消えたのが見える。マットアラストはさっき、玄関から外に出て行った。

ミレポックを今すぐ殺してしまうか、とアルメは思う。

だがそれは効率的ではないと判断した。

現在、自分と、武装司書、それに神溺教団の三《み》つ巴《どもえ》になっている。神溺教団はまだ行動に出ていないが、いずれアルメと武装司書たちに襲《おそ》いかかってくるだろう。

最も力の劣るアルメにとって、この状況は都合が良い。

アルメの殺意は煮えたぎっているが、思考は常《つね》に冷静さを保っている。

「パーニィの『本』を探すか」

アルメは身を翻《ひるがえ》し、夜の街へと躍《おど》り出て行った。


それから数日の間、フルベックの街には平穏《へいおん》が訪れていた。キースの家で起きた虐殺《ぎゃくさつ》事件は、新聞沙汰《ざた》にはなっていない。キースが圧力をかけたのだろう。

ミレポックとマットアラストは、街を駆け回っていた。マットアラストは『本』のある場所をしらみつぶしにあたり、ミレポックはパーニィの足跡をたどっていた。

互いに時々連絡を取り合いながら、調査を続ける。

赤錆の女の襲撃《しゅうげき》はその後なく、不気味な沈黙の中で調査は進められていた。

夜、二人はホテルで合流した。

「パーニィの『本』、見つかりましたか」

マットアラストは首を横に振る。

「手がかりも見つからないよ」

無理もないことだ。パーニィ＝パールマンタの『本』は、神溺教団との関係が疑われる前から、探していた『本』だ。昨日今日で見つかるわけがない。

「本当にこの街にあるのでしょうか」

「探すほかないね。それよりも、君のほうはどうだ？」

ミレポックは、しばし考える。

「何人かの関係者から、証言を聞きました。残念ながら、パーニィが神溺教団と関わっていた証拠は見つかりませんでしたが、疑わしいところがいくつも見つかりました」

「どういうことだい？」

「パーニィ＝パールマンタの人気というのは、捏造《ねつぞう》されたものだと言われています」

「興味深いね」

マットアラストが身を乗り出す。

「パーニィは、長い間売れない平凡な女優でした。当時の彼女を知る関係者からは、彼女の演技を褒《ほ》める声が聞かれませんでした。しかし、ある時期を境に評価が一変します」

「才能が開花した、ということではないのかな」

「表向きはそうなっています。しかしそうではないという声もある。華《はな》がない。技術のみ。総合的には三流の女優。そういう声があちこちで聞かれます。

絶賛する声と、批判する声。私は詳《くわ》しくないのでよくわかりませんが、信じられないほど二つが乖離《かいり》している。

しかも、彼女の演技を批判すると、圧力がかかったという証言をいくつも得ました。マットアラストさんも言っていましたね。パーニィの演技はたいしたことがないと」

「……たしか、言ったね」

「確認は取っていませんが、執拗《しつよう》にパーニィの悪口を言っていた人が、消されたという話も。あるいは、彼女のライバルになりそうな女優たちが急に仕事を辞《や》めたり、降板《こうばん》したりということも何度もありました」

「……それで、君はどう思う？」

「一つ、推測をします。パーニィの正体について」

「どういうんだい？」

「おそらく、パーニィは神溺教団に属していた。彼女の活躍の裏で、神溺教団が暗躍《あんやく》していたと思われます」

ミレポックは続ける。

「パーニィは神溺教団の幹部。真人《しんじん》と呼ばれているものたちの一人だと考えられます」

神溺教団にはいくつかの階級があることが、これまでわかっている。

最低の存在が肉。トアット鉱山の爆弾たち、エンリケら『怪物』に食われた戦士たち、モッカニアの事件で、レナス＝フルールに変えられた女性などだ。利用されるだけの、人の姿をした家畜たちだ。

その上にいる、構成員。彼らは擬人《ぎじん》と呼称《こしょう》されていることが、エンリケの話でわかっている。これまで武装司書側が確認できたものに、モッカニア事件のウインケニーとロコロ、エンリケたちの島にいたボラモットという布使いの男などがいる。常笑《とこ》いの魔女シロンや、『怪物』ザトウもおそらくそこに属する。

その上に位置するのが、真人と呼ばれるものたちだ。これまで確認されたのは、シガル＝クルケッサとガンバンゼル＝グロフの二人だけ。

欲するることを為《な》す。神溺教団の唯一《ゆいいつ》の教えは、真人と呼ばれるものたちだけに適用される。それ以外のものは、真人の手足となって働く駒《こま》なのだ。

「己《おのれ》の欲することを為す。それが神溺教団の教え、真人と呼ばれる人々の行動原理です。パーニィは大女優になることを望んだ。そして神溺教団の一員になり、裏工作と卑怯《ひきょう》な手立てで大女優の地位にのし上がった」

マットアラストはしばし考える。

「憶測《おくそく》の域《いき》を出ていないが、君の憶測はよく当たるからね」

　ミレポックは賛同を得られたことに、ほっとする。

「しかし、パーニィは消された。おそらくはそれも神溺教団の仕業だろうね」

「その消された理由にも、ラスコールが関わっているのかもしれませんね」

「かもしれない」

　そこで話が終わった。話すことは憶測だらけだ。パーニィの『本』が見つからない現状では、それ以上のことはわからない。

「それにしても、神溺教団というのは、よくわかりませんね」

　ミレポックが窓の外を眺める。

「欲することを為す。ある意味でこの教えは当たり前のことです。この世の誰だって、自分の欲することを為して生きている」

　窓の外から、夜の明かりを見つめる。そして明かりの下で生きるさまざまな人を。

「パーニィのように大女優になりたいと思っている人は、この街にいくらでもいるでしょう。シガルのように金が欲しい人だって世の中にたくさんいる。ガンバンゼルのように力を欲しているのは私たち武装司書だって同じことです」

「……彼らとは違うよ。普通の人は法や正義に反しないようにして欲望をかなえる。神溺教団はそのために悪事を働く」

「しかし、悪事を働いて欲望をかなえようとする人も、この世にはたくさんいます」

ミレポックは、キースの太った顔を思い浮かべる。

「もし、真人たちに従う配下たちがいなければ、シガルはただの犯罪者。ガンバンゼルは何の力もない老人。パーニィは売れない女優です。

彼らを武装司書の宿敵にしているのは、彼らに付き従う、擬人たちや肉たちの力です」

「……そうだね」

「擬人たちはなぜ真人に尽くしているのでしょうか。皆が唯々《いい》諾々《だくだく》と真人に従い、時には命まで捨てている。

シガルやガンバンゼルに、そんなカリスマ性があったとは思えません。

擬人たちは、いったい何を考えて教団に所属しているのでしょうか」

「ま、気にするなよ。人が信じることに、口を挟《はさ》んでもしょうがない」

「そうですね」

つまらない話をしたかもしれない。ミレポックは話題を変える。

「そう言えば、赤錆の女はどうですか？」

「まだこの街にいるみたいだ。目撃者が何人もいる。この間君に会わせた、カロン君のところにまで顔を出していたよ」

ミレポックは驚く。

「あの人は無事なんですか？」

「殺されてたらもっと騒いでるよ。ラスコールについて聞いて、そのまま帰っていったらしい」

「なんのためにカロンさんのところへ？」

「敵情視察だろうね。俺たちがどこまで探っているか、調べているんだろう」

あの女も、おそらくパーニィ＝パールマンタの『本』を探しているのだろう。ラスコールのことを隠すために。

「先に、あの女を捕らえてみてはどうでしょう」

「探してはいるんだがね。どうにもうまくいかない。見つけるところまでいかないんだ」

「見つからない？」

「おそらく策敵《さくてき》系の能力だろう。俺が近づくことを察知《さっち》して逃げているようだ」

「代行と似た能力でしょうか……」

「同じ能力かもしれない。触覚《しょっかく》系はそれほど難しくも珍しくもない能力だ」

二人は同時に、ため息をつく。

「これからまた探しに行く。注意しろよ。あの赤錆の女がどこから襲ってくるかわからない」

「はい」


パーニィ＝パールマンタに関する調査は、終わりにしてもいいだろう。明日からは、マットアラストとともにパーニィの『本』を探そう。寝る前に紅茶を飲みながら、ミレポックはそんなことを考えていた。

しかし、パーニィのことはある程度わかったが、いまだに謎は多い。

特に、ラスコール＝オセロの正体については、何一つわかっていないと言っていい。

コリオに『本』を運んだ男。人々の『本』を運んだ存在。古くから伝わる謎の伝説。

善なのだろうか。悪なのだろうか。敵なのだろうか。味方なのだろうか。

そして、いったいどんな存在なのだろうか。


アルメは、ミレポックたちに張り付くのをやめている。今は、とあるアパートの一室にいた。家捜《やさが》しをしているのだ。

神溺教団の一員だったパーニィの『本』が、ただの人のところにあるはずがない。教団の信徒のところにあるはずだ。アルメはそう考えている。

皆殺しにしては、擬人たちの隠れ家を、一つ一つ入念に探していた。それこそ壁の中や床の下までも探した。

しかし、パーニィ＝パールマンタの『本』は見つからない。

「なぜだ……この街の擬人は、これで全員のはずだ」

アルメは考える。まだアルメの知らない擬人が、この街にいるのだろうか。

それともパーニィの『本』があるという話がそもそもデマだったのか。

しかし、それでもこの街から離れることはできない。パーニィの『本』以外に、ラスコール＝オセロの正体につながる手がかりはないのだから。

胸のところにあるシガルの写真を撫《な》で、アルメはまた立ち上がる。

「この街も、変わったな」

街並みを眺めながら、アルメは呟いた。アルメの知っているフルベックよりも、いっそう華《か》美《び》で醜悪《しゅうあく》になったと思う。

この街は、思い出深い。なぜならここは、アルメとシガルが出会った場所なのだから。

ここにいるとどうしようもなく思い出す。シガルと出会い、新たな生き方を得た日のことを。


アルメには生まれつき、嫌いなものが一つある。

それは誰かに、哀《あわ》れまれることだ。

小さな建物が雑然と立ち並ぶ、下町の一角、雨漏《あまも》りが絶えないショーウインドウの屋根の下。アルメはそこで、バイオリンを弾いていた。立ち止まっていくものはなく、歩き去っていく人が、時折帽子に小銭を投げ入れていった。

その頃のアルメは、バイオリンで生計を立てていた。街から街へと流れ歩き、わずかな小銭を稼《かせ》いで生活をする。物心つく頃には、バイオリンを握っていた。それ以外の生き方は知らず、また知ることもないだろうと思っていた。

その日は雨だった。道を行く人は少なく、立ち止まる人はもっと少ない。

一人の女が立ち止まった。アルメのバイオリンを聴かず、紙幣《しへい》を投げ入れていく。

「聴いていないのに、どうしてこんなにくれるの」

アルメがその女に聞いた。

「いいのよ。こんな若いのに、苦労しているのね」

「……………別に」

「取っておきなさい。あなたみたいな子供を見つけると、いたたまれなくなるの」

アルメは、その女が立ち去ったあと、紙幣を投げ捨てた。

哀れまれるのは、嫌いだった。哀れまれるとは、下に見られることだ。下に見られるのは許せなかった。

しばらくたつと、また一人の男が立ち止まった。

さっきの女に劣らない、高価な身なり。端正《たんせい》な顔立ちの、長髪の男だった。アルメは、さっきの女と同じ手合いだろうと思い、バイオリンを弾く。苛立《いらだ》ちで音が荒れた。

一曲弾き終えたが、彼はアルメを見なかった。聴く気がないならさっさとどこかに行け、とアルメは思った。別の曲を弾こうとしたその時、男の前に黒塗りの車が停《と》まった。

「遅い」

男は言った。

「申し訳ありません。シガルさま」

なんだ、車を待っていただけか。そう落胆《らくたん》したとき、一枚の紙幣が帽子の中に投げ込まれた。

そして男は初めてアルメを見た。

「また、聴きに来るよ」

車が走り去ったあとも、アルメはそこでぼんやりとしていた。


「なんだ。もう帰ってきたのか」

家に帰ると、父がぼそりと言った。

「雨だから」

アルメはそう答えた。

「雨の中で聴いてくれるお客さんを、大事にしていかなきゃいかんのだ」

「………そう」

父も母も、アルメと同じように大道芸《だいどうげい》を仕事としていた。父と母に連れられて、世界各地を回り、大道芸で日銭を稼いでいた。

「だめだ。最近の客は、みんな大劇場に行っちまう。音楽はラジオで聴けるからどうしようもない」

父が母に愚痴《ぐち》をこぼしている。

一家は、大道芸の仕事に見切りをつけ、劇場の雇《やと》われ芸人になるつもりだった。しかし、フルベックの街に彼らを雇う劇場はなかった。我流《がりゅう》で音楽をやっている家族は、この街では無視された。正規の音楽教育を受けたもの以外、この街で演奏することはできないのだ。

「ここを離れて、田舎《いなか》をまわるしかないか」

「ですが、それでは一生私たちは旅芸人です」

「しょうがないだろう。雇ってくれる人はいない。この街じゃ、日々を暮らす稼ぎもない」

アルメは黙って、両親の話を聞いていた。

都会から離れたら大劇場や楽団に雇われる機会を永遠に失う。大道芸で日銭を稼ぐ暮らしが、死ぬまで続くことになる。

子供心に、たまらない気分だった。一生同じ生活が続く閉塞感《へいそく》。

アルメは寝床に入る。ふと、父と母が、自分のことを話しているのが聞こえた。

「あの子には、苦労させるわね。私たちの子供に生まれなければ……」

「それを言うな。しょうがないことなんだ」

その言葉に、腸《はらわた》が煮えた。たとえ親でも、哀れまれることは嫌だった。

あたしを見下すな。あたしを哀れむな。

たとえ親が相手でも、絶対に許さない。


しばらくたった頃、もう一度アルメはその男に出会った。名前を、シガルというらしいことは覚えていた。その日、空は曇《くも》り、時折、雷が雲の中で音を立てていた。客は雨の日以上になく、帽子の中は空《から》だった。

その男は静かに、彼女のバイオリンを聴いていた。

「どうして、音楽ホールに行かないの？　もっと上手い人、たくさんいるのに」

アルメは演奏を終えると、その男に言った。

「彼らの演奏は聞くに堪《た》えないね。どうしようもなくくだらない技術を、さもご大層に競い合っている」

不思議なことを言った。

「何が悪いの?」

「彼らの曲は、僕の心に響かない」

シガルは続ける。

「君のバイオリンは苛立ちと怒りに満ちている。もしかしたら、僕がバイオリンを弾けたら君のような音になったかもしれない」

そう言って、シガルが紙幣を投げ込む。

その瞬間、横から現れた少年がそれを奪って走り去った。

なぜ止めてくれなかったのか。アルメは抗議の目でシガルを睨《にら》む。

「何か、不満でも?」

「追ってくれたって……」

「僕が追う? 馬鹿《ばか》なことを言ってはいけない。あれは君が追うべきだ」

そんなことを言われても、困る。自分が追いかけていって、捕まえられるわけがない。もし捕まえられても、今度は暴力に物を言わせてくるだろう。

「だから、君はだめなんだ。いや、君だけじゃない。この世のほとんどの連中がだめだ」

そう言って、シガルは帽子の中に小さな拳銃を入れた。

「君たちは、待っているんだ。誰かが幸せを運んでくれることを。それでは何も得られない」

アルメは、ゆっくりとバイオリンを置いた。そして、その拳銃に手を伸ばし、持った。

「それでいい。自《みずか》らの手で掴《つか》み取れ」

アルメは二つのことに驚いた。

拳銃が、思っていたよりずっと重いこと。

そして、自分が拳銃を、ためらいなく掴んだことに。


それから、アルメは少年を探した。シガルが後ろからアドバイスを送ってくる。

「こっちだ。ああいう手合いは、入り組んだ場所に逃げるだろう」

シガルの言葉に従って、アルメは歩き続ける。両手の中の拳銃が重い。

「彼らはたまり場を作っているはずだ。この辺《あた》りに、人気《ひとけ》のない空《あ》き地はあるかい？」

アルメは頷《うなず》き、そっちに歩き出す。

「当たりだ」

シガルが言った。空き地に、二人の少年がたむろしている。

「好都合だね。二人なら、君一人で仕留《しと》められる」

ここまで追ってきて、アルメは急に怖くなった。銃を持っているということは、殺すということ。人を殺す。今まで、縁遠《えんどお》いはずだった行為。それを今、まさに行おうとしている。

悪魔に連れられてきたのか。いや、違う。自分の意志でアルメはここに来た。

アルメはゆっくりと、少年たちに近づいていった。

「銃は両手で」

シガルが言う。

「狙《ねら》いは腹。標的と、銃口の照準と、目線を一直線に」

言われるままに狙いを定め、ゆっくりと歩きだす。路地裏にいた少年たちに、狙いを定める。少年たちは、はったりに決まっていると笑う。

「撃て」

一人目は腹に当たった。逃げようとした二人目は頭に当たった。二人とも、簡単に絶命した。シガルは、少年たちが持っていた紙幣を、拾い上げてアルメに手渡す。彼にとっては道端《みちばた》の小石ほどの価値もない金だろうに、手渡す彼の表情は、とても嬉《うれ》しそうだった。

「おめでとう。君が掴み取った、初めてのものだ」

アルメは、くしゃくしゃの紙幣を眺める。

「気分はどうだい？」

「……………あまり」

「どうして？」

シガルが聞き返す。どうしても何もない。自分がしたことが信じられない。今日の自分が、昨日の続きだと思えない。

だが、怖いだけではない。なにか胸の中から、こみ上げるものを感じていた。

殺せば、哀れまれることはない。誰かから下に見られないために、これは実にいい手段なのかもしれない。

「……怖いかい？」

アルメは頷く。

「誰でも、最初はそうだ。しかし、すぐにわかる」

シガルがアルメの頭を撫でた。

「君は正しい。今の君こそが正しいのさ」

前髪の隙間《すきま》から見上げるシガルの顔。河でおぼれた子犬を助けたようにさわやかだった。


アルメはバイオリンを弾きつづけた。シガルに会う方法を、それしか知らなかった。

シガルは客の来ない日に来るらしい。だからアルメは、客が多くなるとすぐに演奏をやめた。奇妙な大道芸の少女を無視して、人々は通り過ぎていく。

それからしばし後《のち》。シガルはアルメの予想とは違うところに現れた。

「隠れなさい！」

ある朝、そんな言葉で母親に起こされた。寝ぼけ眼《まなこ》のアルメを、戸棚の奥へと押し込んだ。

「ここにいるのよ。ああ、なんて恐ろしいことが」

母親は、アルメを守るように戸棚の前に立った。戸棚の扉をわずかに開けて外を見ると、玄関先に数人の黒い服の男たちがいた。見るからに、まっとうな生き方をしていない人間だとわかった。父親が背中を震わせながら応対している。声は聞こえないが、押し問答をしているようだ。

「暗黒街の連中よ……隠れているのよ。声を出さないで」

母親の言葉は耳に届かない。男たちの一番後ろに立つ男。見間違えるはずもない。あのシガルだ。迷いなく、アルメは戸棚から出た。母親が悲鳴を上げる。

「なんだ、アルメ。そんなところにいたのか。かくれんぼかい？」

シガルが笑いながら声をかける。近づくアルメの背中に、そっと手を回した。

「では行こう」

シガルが笑い、アルメを連れて家の外に出た。

去り際に、ふと、アルメは振り返る。泣きだしそうな父と、おびえて外に出てこない母。もしかしたら、会うのはこれが最後かもしれないと思った。別れの言葉でもかけようかと思ったが、何も思いつかなかった。


アルメを乗せた車は、どこかへと走っていく。どこに連れて行くつもりなのか、シガルは何も言わなかった。後部座席のシガルの隣に、アルメは黙って座っていた。

シガルに話しかける。

「どうして、あたしを連れだしたんですか？」

人攫《ひとさら》いや、妙な趣味の男には見えない。

「そうだな……君には見所《みどころ》があったから、と言っておこうかな」

シガルは葉巻に火をつけながら言った。

「あたしのどこに？」

シガルは笑い、何も答えなかった。

「突然の質問だが、バントーラ図書館に、行ったことはあるかい？」

本当に突然だった。今までの話と何の関係もない話題だった。

「ない」

「行きたいと思う？」

アルメは少し首をかしげ、答えた。

「別に、特には」

シガルはにっこりと笑った。

「もし『はい』と答えていたら、死体になって帰ってもらっていたところだよ」

明るく、おどけた口ぶりだが、冗談で言ったのではないだろう。しかし、不思議と恐怖心は感じなかった。

「バントーラ図書館は実にくだらない場所だ。ちょっと窓の外を見てごらん」

通り過ぎる人の群れ。いつもは過ぎ去るのを眺めるだけの人波だが、今は、アルメのほうが過ぎ去っていく。

「ここから見える人々の『本』。そのほとんどは、図書館に収められて保存される。だがアルメ。彼らの『本』に残す価値があると思うかい？　どの『本』も、誰にも見られないまま図書館の中でうずもれていく。そんなものを残して何になる？」

　そう言われても、アルメにはわからない。そういうものだからだとしか思えない。

「武装司書も、バントーラ図書館も全く無意味だ。残すべき『本』は、価値のある『本』だけだ。そうは思わないかな？」

　言われてみれば、そうかもしれない。アルメは頷いた。

「そう思う」

「それでいいんだよ、アルメ。君のような人がもっと多くいたら、この世の中ももう少しましになるはずなんだがねえ」

　シガルはアルメの返事に、満足しているようだった。アルメの肩にやさしく手を回し、シガルは話し続ける。

「では、価値ある『本』とはなんだと思う？」

「わからない」

「それは有意義な人生を送った人の『本』だ。正しい人生を送った人の『本』だ。そして、幸福な人生を送った人の『本』だ。この僕のように。違うかい？」

　冷静に考えれば、とてつもない自己中心的な思考だ。だが、アルメは納得した。シガルの声には、欺瞞《ぎまん》も驕《おご》りもない。まるで今日の空が綺麗《きれい》だと話すような声だったからだ。

「君は、物わかりがいいね。

君ならばきっと、真実を理解してくれる。この世に尊いのは、僕だけだという真実を。僕を理解し、僕に尽くすものだけが尊いということを。

わかるだろう？　アルメ。君にはそれが、わかるはずだ」

すぐには答えられない。アルメはしばし、窓の外を流れていく人の群れを見つめていた。アルメの胸に、一つの快感が灯《とも》った。人を見下す快感。この世でただ独《ひと》り、シガルだけが尊く、この世でただ一人、アルメだけがそれを知っている。

通り過ぎていく人々の、誰もそれを知らない。アルメだけが知っている。

「わかります」

胸の中に灯った快感が、アルメにそう言わせた。シガルは満足そうに笑った。

「さて、そろそろ自己紹介をしてもいいころだろう。

僕の名は、シガル＝クルケッサ。神溺教団の一員にしてこの世で最も価値ある生を送るもの」

「神溺教団？」

「そう。神溺教団だ。この世で唯一の、真なる神に仕《つか》えるものたちだ。

神溺教団を代表し、アルメ、君を仲間として迎えたい」

その時、アルメは気がついた。いつしか車は、街の出口に近づいていた。このまま走り続ければ、街を出る。そうすればおそらくは、もう、戻れない。

「家族が気になるかい？」

思わず振り返っていたアルメに、シガルが問う。

「降りるかい?」

決断のときなのだと、アルメにははっきりとわかった。シガルについていくか、ここで降りるか。やり直しのきかない二者択一《にしゃたくいつ》。

アルメは、はっきりと、首を横に振る。

「いいえ、降りません」


アルメが遠くなっていく街を見つめながら口を開いた。いつの間にか、自然に敬語になっていた。

「あの、真なる神とは、なんですか?」

シガルの話の中で、奇妙だと思っていたことだ。この世に神は、三人しかいないはずだ。

『本』の管理者、過去神バントーラ。今は図書館の奥に封印《ふういん》されている。

人の世を治める、現代神オルントーラ。今は青銅の山トーイ大山に眠っているはずだ。

そして、人の未来を定めるトーイトーラ。彼は楽園時代の終わりに世を去ったのだ。

世界に神は、この三人しかいなかったはずだ。真なる神とは、この中の誰かなのだろうか。

アルメがそう話すと、シガルは決然と否定した。

「まったく下らない疑問だ。彼らは、ただの管理者に過ぎない。人々は彼らを敬《うやま》っているが、真実、彼らは尊い存在ではない。ただこの世を保持するための部品に過ぎないんだ」

「では、真なる神とはなんですか？」

「我らの神。それは全《すべ》ての幸福を司《つかさど》るものだ。薄汚く不完全なこの世ではなく、世界の高み、天国に座し、完全なる幸福を求めるもの。それが神だ」

「天国とは、なんですか？」

耳慣れない言葉だ。

「価値ある人生を送ったものの『本』が収められる場所。それが天国だ」

「図書館ではないの？」

「そう、図書館ではない。図書館にあるのは無価値な『本』。天国にあるのは価値ある『本』だ」

「………」

聞いたことがない、そんなところがあるなんて。全ての『本』は図書館に収められる。太陽が東から昇るのと同じ、世界の絶対の理《ことわり》だ。

「さて、僕は隣の街で降りよう」

「……え？」

話はまだ終わっていないはずだ。もっと聞きたいとアルメは思う。

「僕は多忙でね。実を言うと、君を迎えに来たのは、隣街に移動するついでだったんだ。君に会う時間は、どうしても、今しかなかった」

「そんなに忙しいのに、あたしのバイオリンを聴きに来ていたのですか？」

「ああ。君を見て、思ったんだ。欲しいとね。ささやかな出会いだったが、君にとってはこれまでの人生のどんな時よりも輝ける瞬間になっただろう」

「シガルさま。着きました」

運転手が扉を開け、シガルは降りる。アルメをどこかへ連れて行くように指示を出していた。

「さようなら、シガルさま」

「また会おう。アルメ」

それが、しばしの別れの言葉となった。

また、車が動き出す。移動中に、運転手が話しかけてきた。

「お前も天国へいきたいのか？」

よくわからない。

「俺もそうさ。俺はこの世に何の未練もない。天国へいくことだけが人生さ」

何もかも、まだわからない。神溺教団のことも、天国という場所のことも、シガルのことも。アルメを動かしているのは、シガルと出会い、ともに行きたいと思っただけのこと。

しかし、それは今まで手にしたもの全てを捨てるほどのことだった。思えば、アルメの人生は、初めから簡単に捨てられるようなものだったのだ。

今までの自分には、何もなかった。それでいい。これから手に入れていくのだから。

連れられていった場所は、フルベックからかなり離れた場所にある、小さな街のホテルだった。楽園管理者と名乗る男が、アルメを歓待《かんたい》した。姿は見えるが、記憶に残らない。これまで見たことのない奇妙な男だった。

「シガルから連絡を受けているよ。本来、我らの仲間に入るためには試練を受けてもらわなくてはいけないのだが、シガルのお墨《すみ》付きならばいらないだろう」

楽園管理者は楽しそうに言う。

「君は何ができる？」

「バイオリンが弾けます」

「……………なるほど」

楽園管理者は、少し困りながら言った。失望したのだろうかと不安になる。

「まあいい。君は若い。健康で頑健《がんけん》そうだ。これから魔術審議《しんぎ》を行っていけば、きっと強い戦士に育つだろう。天国へいけるように、尽力《じんりょく》なさい」

「………あの、天国とはなんですか？」

楽園管理者は、拍子抜《ひょうしぬ》けしたようだった。

「君は何も知らずにここに来たんだね」

「すいません」

「いや、それでいいんだ。これから説明していこう」

そう言って、楽園管理者は机の中から何かを取り出した。

「百度聞いてもわからないものも一度触ればわかる。これを読むといい」

机の上に置かれたのは、一冊の『本』の欠片《かけら》だった。

「千五百年ほど前に生きたとある魔法使いの『本』だ。きわめて珍しい能力を持ち、死者以外にいくことのできない天国を見ることに、唯一成功した」

アルメが手を伸ばす。指先が『本』の欠片に触れた。


その男は、生と死の境を越えることができる能力者だった。彼は生きながら自らの魂《たましい》を『本』に変えた。天国へいくためにだ。彼がどうして天国へいくことになったか、天国へどうやっていったのか。それは欠片の中に記されていなかった。

男の『本』が天国の中へと入っていく。

「……なんだ、これは」

彼は見た。死んだはずの自分が物を見ている。そして感じている。周囲の風景と、そして遙《はる》か遠い場所にある、とてつもなく大きな存在を。

まず見えたのは、巨大な砂漠だった。男が足を埋《うず》めながら歩いていく。理由はわからないが、歩かねばならない。歩く先に、素晴らしいものがあるのがわかった。理屈ではない。ただ感じるのだ。

そのうちに、雨が降り出した。男は雨に濡《ぬ》れながら呟いた。

「……雨だ。魂の雨だ」

男はそれを浴びる。その雨の中には、今まで感じたことのない喜びがあった。愛する喜び。愛される喜び。手に入れる喜び。手に入っている喜び。

麗《うるわ》しい草花の匂《にお》いを嗅《か》ぎながら、雄大な雲海《うんかい》を見下ろす。馬を駆って諸国を征服しながら、心安らぐ平穏な日々を送る。崇高《すうこう》なる聖人の魂を感じながら、邪悪な喜悦《きえつ》に心震わせ、麗しい美女を愛《め》でながら、愛する男の抱擁《ほうよう》に身を震わせる。

男は魂の雨に打たれながら、この世のありとあらゆる幸福を感じていた。

やがて、雨がやむ。男はまた歩き出した。

男は気がついた。この砂は、人々の魂でできている。天国に来た人間は、こうして砂になるのだ。そして同時に気がつく。あの雨も、人の魂でできている。砂の中から幸福が蒸発して、雨になって降り注ぐのだ。

「ああ、そうだ。真人だ」

降り注ぐのは、真人たちの幸福だ。今までに真人たちが味わってきた幸福を、追体験しているのだ。

もっと幸福を浴びたい。男は思う。しかし、男の能力の限界が近づいていた。男の魂は天国を離れ、現世へと戻っていく。

最後に男は見た。天国の中心に座す巨大な存在。天国を、そして偉大なる存在を。

「神よ！」

男は叫んだ。

そこで、『本』が終わった。

「これが……天国」

アルメは呟いた。顔に汗《あせ》をかいていた。心臓が跳《は》ね馬のようだった。

「どうだい？　今見た『本』の中だけでも、これまで感じた全ての幸福を上回っているだろう。もし天国へいけたら、これ以上の幸福を永遠に味わうことができる。

天国が、どういうものかわかったかい？」

「……すごい」

「我ら神溺教団の信徒の『本』は、バントーラ図書館ではなく、この天国へ収められる。我らはこの天国を守り、天国にいくために戦うのだ」

楽園管理者は天国の『本』をしまいながら、説明を続けた。

「君が見た、魂の雨。それは人の幸福を集めたものだ。

天国に収められた死者の『本』から、幸福が抽出《ちゅうしゅつ》され、雨となって振りそそぐ。天国にいるものたちは、その雨を浴びて最上の幸福を味わう。

幸福なる人の『本』を集めることで、さらに天国は素晴らしいものとなる。神はそれを望み、またわれらもそれを目指している」

アルメは紅潮《こうちょう》した顔で頷く。

「我々は幸福なる人の『本』を、天国へ送らなくてはいけない。だが、多少幸福なだけの人間では天国へ送る意味がない。

故《ゆえ》に、我々は幸福なる人を生み出す。幸福になるべき人を選び、そして選ばれた人がより幸福であるように力を尽くす。それが神溺教団の使命だ」

「……その、選ばれた人がシガルさまなのですね」

「君は実に理解が早い」

楽園管理者は人差し指でアルメを指す。

「シガルのような選ばれた人間を真人と呼んでいる。

真人になる条件は、欲望の大きさと純粋さだ。欲望が大きいほど、純粋であるほど、それがかなえられた喜びは大きい。

シガルの欲望は大変に大きく、実に純粋だ。彼の欲望をかなえ、天国へ送ることができれば、天国はさらに素晴しいものになるはずだ」

楽園管理者は話し続ける。

「私や君のように、純粋な欲望を持たないものは、真人にはなれない。だから、我々は真人が幸福になれるように尽くす。私たちのような者を擬人という。

そして、真人と教団に功績《こうせき》があった擬人は、その褒美《ほうび》に天国へいくことを許される。

神のために真人がある。そして、真人のために擬人がいる。神と、神に仕える我々が、天国でこの世の全ての幸福を味わうために、力を尽くしているんだ」

楽園管理者は、アルメの目を見ながら言った。

「我々の仲間に、なるかい？」

アルメはためらいなく、「はい」と答えた。

きっとそれは、教団に入らなければ知ることのない喜びだろう。崇高なる存在に触れ、それに尽くすことができる喜び。

シガルのために、天国のために、この身を役立てる。バイオリンを弾いていては、一生知ることはできなかっただろう。

ここにはいないシガルに、アルメは忠誠を誓《ちか》っていた。


アルメは、孤島に向かった。神溺教団の訓練施設がそこにあるという。シガルと会えなくなるのはさびしかったが、彼の役に立たないのなら、彼のそばにいる価値はない。魔法を習得し、戦士にならなくてはいけないのだ。

船の中に、アルメと同世代の男の子がいた。眼鏡《めがね》をかけた、真面目《まじめ》そうな少年だった。名前をウインケニーといった。

「君は、なぜ神溺教団に？」

ウインケニーが話しかけてきた。

「シガルさまに奉仕《ほうし》するためよ。あんたは？」

ウインケニーはしばし悩んでいた。

「お袋が教団に入ったから……付き添いで」

「シガルさまのことは知っている？」

「一応は」

アルメは、シガルがどれほど素晴らしい人かをウインケニーに語った。ウインケニーは冷めた顔でアルメの話を聞いている。

「俺も入ったばかりだからよくわからないが、君みたいな人は珍しいと思う」

「どういうこと？」

「行けばわかる」


絶海の孤島に集められたアルメたちは、厳《きび》しい訓練に耐え続けた。音《ね》を上げたものは捨てられる。死者や精神を病《や》むものが出ることなど、日常茶飯事《にちじょうさはんじ》だった。

アルメたちの士気は高い。皆、天国へいくという目的のために、必死になっていた。

その生活の中で、アルメはウインケニーが言ったことの意味に気がつきはじめていた。

「みんな、真人を敬う気持ちがないのね」

訓練の合間に、ウインケニーに話しかけた。二人は友人になっていた。

「ああ。そうだな」

「みんな自分が天国へいくことばかり考えている。真人を、天国へいくための道具みたいに思ってる」

「そうだな。皆、目的は私欲だ。それが擬人だ」

アルメは、仲間たちを侮蔑《ぶべつ》する。なんと下らない連中だ。

「気に入らない……まるで、豚《ぶた》。幸福というエサをむさぼるだけ」

「それが神溺教団だ」

「あんたもそうなの？」

「俺は成り行きで教団に入った。行く場所もないし、他にやることもない。俺は自分の仕事をやるだけだ」

思慮《しりよ》深く真面目なウインケニーだが、知った風《ふう》な口を利《き》くのが気に入らない。

「君は違うのか？　アルメ」

「あたしは違うわ。あたしはシガルさまとつながっている。あたしだけが違うのよ」

自分は違う。それがアルメの口癖《くちぐせ》だった。


そんな折、孤島に飛行機が飛んできた。擬人たちが騒いでいる。部屋で休んでいたアルメを、ウインケニーが呼びに来た。

「アルメ、シガルさまが訪ねてきた。お前を呼んでいる」

めったに訪ねてくることのない真人。その中でも、最も注目されているシガル。仲間たちの視線は、アルメに集中した。

「久しぶりだね、アルメ」

アルメは、頬《ほお》を赤らめながら、シガルと向き合う。言いたいことはたくさんあったのに、いざ会うと、言葉が浮かばない。伝えあぐねていると、わかっているよとシガルは笑った。

「君は、面白《おもしろ》い能力を手に入れたそうだね」

「え？」

「ハミュッツ＝メセタ。われらの宿敵と同じ能力か。ふふ、役に立ってくれそうだね」

遠巻きに眺めている擬人たちが、ざわめく。シガルの下で働きたいと思っているものは多い。今の一言で、アルメはシガルの側近《そっきん》の地位を手に入れたようなものだった。

アルメは鼻を鳴らしながら、周囲を見渡す。何を騒いでいるのか。当然のことだ。

シガルに向けていたのと、同じものとも思えないドス黒い表情。シガルを見つめる純朴《じゅんぼく》な少女の顔と、周囲を見下す傲慢《ごうまん》な顔。アルメはその二つの表情を持っていた。どちらも、アルメの本当の顔なのだ。

「友達はできたかい？」

「一人。ウインケニーといいます」

「どうして友達に？」

アルメはしばし考えた。ただ話をするだけの間柄《あいだがら》だが、平凡な答えではシガルを失望させると思った。シガルはどう答えれば喜ぶだろう。

「彼は、利用できそうですから」

「いい答えだ」

シガルは笑う。やった、と心の中で歓声を上げた。

「他の連中は？」

アルメはさらに考える。どう答えればシガルが喜ぶか。

「愚鈍《ぐどん》な豚にしか見えません。友人にするような相手ではないかと」

「そのとおり。彼らは豚さ。やはり、君は僕の思ったとおりの人間だ」

シガルはさまざまなことを聞いた。アルメはシガルの期待に添えるようにと考えながら答える。

やがて、自然にシガルの喜ぶような答えが出てくるようになり、シガルの喜ぶようにものを考えるようになっていった。

その考え方が、邪悪と呼ばれるものだと、アルメにもわかっている。しかし、シガルが喜ぶのならば邪悪こそが正しいのだ。

この世で、私とシガルさまだけが正しい。他の連中は全て豚だ。シガルと話しながら、アルメはそれを再確認していた。

それからシガルは、アルメのバイオリンを聴きたいと言った。アルメは戸惑った。しばらくバイオリンの練習などしていない。

戸惑いながらも、必死にバイオリンを弾く。シガルはそれを静かにシガルは聴いていた。

「……………いい音だ。初めて会ったときよりも、ずっと良い。僕が見込んだとおりだ」

「どうして」

「残酷《ざんこく》な音だ」

アルメはようやく理解した。この人は、バイオリンの音を聴いていたのではない。アルメの心を聴いていたのだ。アルメが残酷な少女に育ったことを、その卓越《たくえつ》した耳で感じ取っていたのだ。

「早く一人前の戦士になれ。そうすればいつも君のバイオリンを聴ける」

アルメは嬉しかった。シガルは自分を待ってくれている。

その後、ウインケニーが言った。

「シガルさまは、金を儲《もう》けることで快楽を得るらしいな」

「ええ、そうよ」

「………実を言うと、俺はあまり彼のことが好きではない。金が全ての幸福というのは、何か違うような気がする」

「馬鹿な男ね、ウインケニー。あんたは何もわかってない」

そう言ってアルメはあざ笑った。

強く、残虐《ざんぎゃく》に育ったアルメは、訓練施設に別れを告げる。もちろん行く場所はシガルのもとだ。

シガルはすでに、暗黒社会の頂点に君臨《くんりん》していた。暗黒社会のみならず、政財界にすら影響を及ぼしていた。

すでに、シガルの資産は一国に匹敵《ひってき》するほどになっていた。このまま十年も続ければ、かつての常笑いの魔女すら超えるのではないかと思われた。

それでもシガルは飽き足りなかった。新たなる金儲けの手段を、思いついては命令する。

麻薬、賭博《とばく》、強奪、搾取《さくしゅ》。

シガルから命令される、あらゆる人の道に外れた行いを、アルメは嬉々《きき》としてこなしていた。

その街は、事実上、シガルの支配下にあった。住民は麻薬におぼれ、取り締まるはずの保安官、それらを束ねる政治家や官僚までがシガルに牛耳《ぎゅうじ》られていた。

産業も商業も荒廃し、静まりかえった街。耳を澄《す》ませば銃声と子供の泣き声が心地良く聞こえてくる。

その街で、アルメは一人の男を呼び止めた。

「どこへ行く？」

呼び止めた男は振り向く。シガルの部下は、アルメ一人ではない。その男は、シガルの秘書と参謀《さんぼう》を兼《か》ねた、もう一人の側近だった。

「……………出て行くんだ。もう、俺はシガルさまにはついていけない」

「ふうん、なぜ？」

アルメは剣の柄《つか》に手を添えながら聞く。

「俺はもう、シガルさまにはついていけない。

アルメ、この街を見ろ。やりすぎだ。このまま続けていたら、武装司書が動き出しかねない。国や現代管理代行官はどうにでもなるが、武装司書が出てきたらどうしようもない」

「だからどうした」

「それに、俺はシガルさまの考えがわからん。あの人は、金儲け以上に、人の不幸を喜んでいるように思える。あの人の願いは、本当に金を儲けることなのか？

あの人は何を考えているんだ」

「わからないのは、お前がクズだからだよ」

そう言いながら、アルメが剣を抜く。

「シガルさまの崇高な気持ちが、お前にはわからないんだよ」

そう言ってアルメは、剣の柄を男の腹に打ち込んだ。男は血と吐《と》瀉物《しゃぶつ》を撒《ま》き散らして倒れる。

「お前に擬人でいる価値はない。肉がお似合いだ」

神溺教団の本部に連絡し、一人の肉ができたことを伝える。縛《しば》り上げられた男は、アーガックスの水で記憶を奪われ、生きた家畜になるのだ。

本部から、使い走りの男が来た。肉を回収に来たのは、かつての友人、ウインケニーだった。

「よう、役立たず」

アルメは久しぶりに会う友人に、そう挨拶《あいさつ》した。シガルがそれを、楽しそうに見ている。

「この男は、なぜ肉に？」

「こいつはな、シガルさまの理想を理解できなかったのさ」

そう言いながらアルメが縛り上げられた男を蹴る。男がうめき声を上げる。ウインケニーは顔をしかめながら、それを見ていた。

「アルメ。無知を恥《は》じながら聞く。シガルさまの理想は俺にもわからない」

「役立たずに説明してやる時間は無駄だな」

シガルがグラスを傾けながら、口を挟んできた。

「こらこらアルメ。役立たずだろうと、君の友人だろう？　説明してあげたまえ」

「かしこまりました。シガルさま」

そう言って、アルメは語りだす。足で、男を踏みつけたままで。

「この男は、いや、世の中の全てのクズは一つ勘違《かんちが》いをしている。

幸福はわかちあうものだという、勘違いだ。この世の誰もが、幸福になれるという勘違いだ。おそらくは、お前もそうだろう」

「とりあえず、否定はしない」

「違うね。世界にある幸福は常に一定の量だ。世の中の人間は、残り少ないパイを奪い合うように、この世の幸福を奪い合っている。世の中のクズはそれを知らない。

幸福は、尊い人の手で、独占されるべきだ。幸福を、クズが、持っていてはいけないんだ」

この言葉は一字一句までが、かつてシガルがアルメに語った言葉だった。今話しているのはアルメではない。後ろに座るシガルが、アルメの口を借りて語っているのだ。

「……だから、人を不幸にするのか」

「昔から、多少は物わかりのいい男だったな。ウインケニー」

アルメの、踏みつける足に力がこもる。

「そのとおりだよ。誰かが不幸になれば、その分だけ他の誰かが幸せになる。シガルさま以外の全員が不幸になれば、その時、シガルさまは、欠けることのない幸福に至《いた》る」

ウインケニーは、感情を胸の奥に秘めながら、じっとアルメを見つめている。

「変わったか？　アルメ」

そう呟いた。

「いや、何も変わってないのか」

アルメは鼻先で笑い、足元の男を蹴って渡す。ウインケニーがその体を抱える。

「もう一つ、聞きたいことがある」

「なんだ？」

「この世の誰もを不幸にすることが可能なのか？　国だけじゃない。そのためには、武装司書を打ち破らなければいけないんだぞ」

「良い質問だね、ウインケニー君」

アルメではなく、シガルが口を開いた。

「方法はね、あるよ。我らが宿敵、ハミュッツ＝メセタを打ち破る手段は」

シガルの手元に、小さな『本』の欠片があった。『本』の主《あるじ》を、ウインケニーは知るまいが、アルメは当然知っている。

それは、常笑いの魔女、シロン＝ブーヤコーニッシュの『本』の欠片だった。


ウインケニーが去ったあと、アルメとシガルは語りあう。アルメはシガルの傍《かたわ》らに寄り添い、そっともたれかかる。

「君だけだ。君だけが、僕の理想をわかっている。他の誰にもわかりはしない」

シガルが、そう言った。

「この街にも、もう用はありませんね」

アルメが言う。

「シロンの予言した時は近づいている。そろそろ本格的に、準備を進めなくてはいけない」

「まだ、何か必要なのですか？　肉も、病原体もすでに揃《そろ》っています」

「まだ不十分だ。ハミュッツを殺すための戦力がね」

「ガンバンゼルの『怪物』でもぶつければ十分ではないでしょうか」

「アルメ。君は、見たくないのかい？　あの傲慢な女が、地に平伏《ひれふ》すところを」

「なるほど、全くでございます、シガルさま」

シガルはそう言って、もう一冊の『本』の欠片を取り出した。

「昨日、ラスコール＝オセロがこの『本』を届けに来た。シロンが隠した、常笑いの魔刀の所在が記されている」

アルメには、言われなくてもわかる。これを取りに行くのは、自分の仕事だろうと。

「ああ、アルメ、そろそろ時間だね。肉たちが、爆発するよ」

そう言いながら、シガルは窓の外を指さした。

人間爆弾の威力《いりょく》と性能を確かめる実験が行われていた。窓辺で眺める街の、そこかしこで爆発が起こる。アルメたちのいる場所からは、街に灰色の花が咲き乱れるようにも見えた。

「シガルさま」

アルメは呟く。死者と怪我《けが》人に満ちた街に向けて歩き出す。

「アルメは、幸福です。擬人の分際《ぶんざい》で、こんなに幸福で良いのでしょうか」

邪悪で、歪《いびつ》で、病んでいようとも、それはやはり愛と呼ぶしかないのだろう。


アルメですら、死力を尽くさねばたどり着けない山の中。シロンはそこに自らの武器を隠していた。

常笑いの魔刀シュラムッフェン。その性格は、追憶《ついおく》の戦機の中でも、最も獰猛《どうもう》で残虐だという。新たな血を吸わせてくれるアルメに、蜘蛛《くも》の足が嬉しそうにまとわりついてきた。

帰還《きかん》したアルメは、シガルにそれを見せた。

アルメのいない間にも、着々と準備は進められていた。目くらましに使う爆弾たち。トアット鉱山に竜骸咳《りゅうがいぜき》をばら撒《ま》く手はず。武装司書たちの動きを掴む情報網《もう》。ハミュッツを殺す準備は、完成しつつあった。

「その魔刀、私が使いましょう」

アルメが言った。シガル自身もかなりの使い手だが、アルメのほうが勝っている。シガルを危険にさらさないよう、アルメが一対一で挑《いど》むのが良いだろう。

しかし、シガルは首を横に振った。

「いや、これは僕のものだ」

「では、私は補佐に回りましょう」

「補佐？　いまさら必要はないね」

その声に、何か不安を感じた。いつもと違う。

「では、私は何をすればいいのですか？」

「どこかに行けばいい」

「………え？」

アルメは思わず聞き返した。シガルが自分を見ている。かつてウインケニーや側近の男に見せた視線。アルメ以外の全員に見せる侮蔑の視線。

そんな視線を、向けられる謂《いわ》れはない。なぜならアルメは、シガルの唯一の理解者のはずだ。

「どうして、ですか」

「くどい。どこかに行けと言っているんだ」

アルメは食い下がる。しかし、シガルはもう、アルメに目もくれなかった。

「ああ！　なぜ誰も僕の理想をわからない！」

ワインを床に投げつけた。そして唾《つば》を吐き捨てる。

「どうしようもないクズだ。なんでこんな馬鹿を手元においていたんだ。何が理解者だ。思い上がるな。見るのも不愉快《ふゆかい》だ」

シガルの罵倒《ばとう》は、それから数時間も続いた。端正な顔は怒りにゆがみ続けていた。

彼女は哀れなほど耐えた。どれほど罵倒されようとも、シガルに歯向かうことなど、考えることすらできなかった。

なぜ、と心の中で彼女は問い続けていた。


アルメは、肉には落とされなかった。楽園管理者の意向だった。

シガルのもとを去ってから、アルメはずっと、悩み続けていた。

なぜ、シガルさまは自分を捨てたのか。自分には、何が足りなかったのか。

「君はまだ、シガルを慕《した》っているのか」

再会したウインケニーが尋《たず》ねてくる。

「当たり前だ」

アルメが答える。

「前も言ったと思うが、俺は、正直、シガルさまのことが好きではない。あの人には、人の持っているべき心がないと思う」

「だからなんだ」

「君はもう、あの人のことは忘れるべきだと思う」

ウインケニーを、憎しみをこめて睨む。

「お前に何がわかる。あの方は、崇高な存在なんだ。あたしだけがそれをわかってるんだ」

「それは君が、そう信じたいだけだ」

「……お前に何がわかる」

アルメは、歯を食いしばる。この男を殺してやりたいと思った。

「俺は不安だ。君は、あまりにも一途《いちず》過ぎる。他の擬人のように、私欲で動けない。君は、シガルさまを慕うあまりに、取り返しのつかないことをしでかすような気がする」

「………」

アルメには答える言葉がない。

「シガルさまの面影《おもかげ》を追いかけても、得るものはないぞ」

「……そんなはずはない」

ウインケニーは、アルメから目をそらしてうつむく。

「いや、説得は無駄か。

俺たちはお互いに、馬鹿げているほど一途だ。

とことん気の合わない俺たちだったが、それでも友人だったのは、その一途さ故《ゆえ》なのだろうな」

その後、シガルは死に、アルメは復讐《ふくしゅう》に手を染める。ウインケニーをだまし、神溺教団を裏切り、武装司書にまで戦いを挑んだ。ウインケニーの言うとおり、馬鹿げた一途さだけを武器にして。

あとになって、アルメは思う。

もしかしたら、ウインケニーは、アルメの魂胆《こんたん》をわかっていたのかもしれない。わかっていてなお、アルメに協力していたのかもしれない。

今となってはわからないことで、今さら振り返ることでもないのだが。

マットアラストが去った部屋に、ノックの音が響いた。ミレポックは顔を上げる。

「どうぞ」

中に入ってきたのは、ベルボーイだった。小さな封筒を持っている。

「お届けものです」

「誰から?」

「名乗られませんでした」

もう少し防犯に気を遣《つか》ってもらいたいものだとミレポックは思う。敵は、爆弾や病原体や、そんなものまで使ってくる相手なのだ。

ミレポックは、包みを受け取る。触ってみるが、紙の感触しか感じない。思い切って開ける。

中には、古びた二枚の紙切れが入っていた。ほとんど判別できないほどの汚い字で、こう書かれていた。

『あたしが間違えていた。ザッキーは死んだかもしれない。オルトはどうしているだろう。ラスコールを追うものは死ぬ。例外はない。武装司書も神溺教団も、例外はない』

そのメモに添えられて、もう一枚の紙。こちらの紙は新しい。

『これは、パーニィ＝パールマンタの遺書です』

ミレポックは部屋を飛び出して、階段を降りかけていたベルボーイを捕まえる。

「誰がこれを？」

「六十近い、男の人でした」

「まだ、ホテルの中に？」

「いいえ、すぐに出て行かれました」

ミレポックは窓から下を見る。通りを歩くまばらな人影の中で、足早に去っていく一人の男を見つける。スカートの裾《すそ》を押さえ、飛び降りた。着地の衝撃で足が痺《しび》れる。

「待ってください！」

去ろうとしていた男に声をかける。男は一瞬立ち止まり、駆け出して逃げる。ミレポックは追う。走る後ろ姿を見る限り、相手は一般人だ。すぐに追いつき、追い抜く。

逃げる男の前に、ミレポックは立ちふさがる。その男をミレポックは知っていた。ムドリという、パーニィ事件に関わった保安官だった。

「あれは、なんですか？」

ムドリは、ミレポックから目をそらし、逃げ場を探そうとする。見つからないとあきらめたのか、小さな声で言った。

「あれは、パーニィ＝パールマンタの遺書だ。ずっと前に、見つけた」

「今まで、隠匿《いんとく》していたのですか」

ムドリは頷く。ミレポックは一歩近づく。

「今まで隠していた理由、今になって出した理由、お答え願いましょう」

そう言いながら、近づいていく。

「……勘弁《かんべん》してくれ。俺は、殺されたくない」

「何？」

「遺書に書いてあっただろう。ラスコール＝オセロを追うものは死ぬんだ。俺はパーニィのようになりたくない。だから、隠してたんだ。

あんたが来たから、あとはあんたに任せてしまえばいいと思ったんだ」

「ラスコール＝オセロを追うものは全て死ぬと、そう信じているのですか？」

「だって、そうだろう。そう書いてあった」

ミレポックはため息をつく。

「ムドリさん。それは勘違いです。ラスコールを追うものが全て死ぬなんて、ありえない」

「……しかし」

「カロンという人を知っていますね。少なくとも彼は生きていますよ。そして私も、あなたも」

「それだって、わからない。いつ消されるか、わかったものじゃない」

ムドリはかたくなに首を振る。ミレポックはしょうがないとあきらめる。

「……頼む。もう放っておいてくれ。俺には関係ないんだ」

「わかりました。もう追いません」

ムドリは、背中を丸め、歩き去っていく。最後に、振り向いて言った。

「あんたも相当に強いんだろう。武装司書だものな。でもな、向き合ってみてわかる。あの日のあいつとは、比べようもない。あいつは本当に桁《けた》が違ったよ」

あいつとは誰か。聞いても答えてはくれないだろうとミレポックは思った。

ムドリを見送ったあと、ホテルに戻り、改めて遺書を見る。

『あたしが間違えていた。ザッキーは死んだかもしれない。オルトはどうしているだろう。ラスコールを追うものは死ぬ。例外はない。武装司書も、神溺教団も、例外はない』

ザッキーとオルトというのは、仲間か何かだろうか。あとで調べてみよう。

「ラスコール＝オセロを追うものは死ぬ、武装司書も、神溺教団も、例外なく、か」

妙な書き方だ。神溺教団にとってもラスコール＝オセロは機密ということだろうか。

それにしても、例外なくとは馬鹿な話だ。

実際に、そうなっていないじゃないか。自分が生きている。それにマットアラストも生きている。そしてあのカロンやムドリも生きている。たしかに赤錆の女は自分たちを狙っているようだが、それだけだ。例外なく死ぬ、というにはほど遠い。

「……………」

だが、ミレポックは引っかかりを覚えた。本当に、そうか？

ミレポックは今までラスコールを追っていた人のことを考える。

まずはハイザだ。代行に殺されている。だがこれは、ラスコール＝オセロとは関係ないはずだ。

他の武装司書はどうだろう。ミレポックはマットアラストに思考を送る。

(マットアラストさん。ハイザのあと、ラスコール＝オセロを調査したのは誰ですか？)

マットアラストは少し考え、答える。

(主にイレイアさんとフィーキーだな)

フィーキーはモッカニアとの戦いで死んだ。イレイアは戦いが終わってから時が止まったままだ。この間、彫刻のようになっている彼女の前に『モッカニアは倒しました』という立て札を置いてきたところだった。

それにモッカニアだ。彼も結果的にはラスコールを追っていたと言えるかもしれない。

ミレポックは、背筋《せすじ》にじわりと汗をかいているのを感じた。

武装司書だけではない。神溺教団のウインケニーとロコロ。彼らもまた、ラスコール＝オセロを追って死んだと考えることもできる。

そして、パーニィ＝パールマンタ。

その誰もが命を落としている。ラスコール＝オセロを追うものは死ぬ。その言葉どおりに。

むしろ、生き残っている人のほうが少ない。

「……偶然だ」

ミレポックは声に出して呟いた。そもそも、彼らの死には因果《いんが》関係がない。

ハイザは汚職を働いたから、処罰《しょばっ》されたのだ。

フィーキーは、自らのミスで死んだ。モッカニアは代行に敗《やぶ》れた。

そもそもイレイアは生きている。そのうちまた復活するはずだ。

ウインケニーとロコロ。彼らを倒すのは、武装司書として当然のことだ。

だがしかし。これらの全てがラスコールの手の内にあったとしたら。全てを裏で操《あやつ》り、死ぬように仕向けていたとするなら。

「不可能よ」

誰にも、そんなことはできない。ハイザが汚職を働くように、フィーキーがモッカニアを侮《あなど》ってミスをするように、仕向けることなどできるわけがない。

そんなことができるものは、全ての運命を操る神のような存在。いや、神以上の存在だ。

「まさか、そんなわけがない」

偶然だ。全ては。

その時、後ろで物音がした。

「！」

ミレポックは立ち上がって振り向く。ただ、風で窓が動いただけだった。

その頃、マットアラストは夜の街に立っていた。街の最も高いビルの屋上に立ち、ビル風にスーツの裾を揺らしている。目線は、街全体に向けられている。夜になっても絶えることのない人通りから、一人の人物を探す。

赤錆の女を探しているのだ。

ミレポックは当分、ラスコール＝オセロの正体にたどり着きはしないだろう。だが、これからどう動くかはわからない。彼女に、ラスコール＝オセロの正体を知らせてはならない。ラスコール＝オセロの正体を知るのは、自分とハミュッツだけでいい。

マットアラストが銃を抜き、左腕を土台に構える。赤錆の女に似ていたが、別人だった。

「……赤錆の女か。余計なまねをしてくれる」

はじめは、ミレポックをこの街から追い返すつもりだった。カロンに会わせたのも、ラスコール＝オセロなど伝説に過ぎないと思わせるためだった。ミレポックを帰還させて、あとの処理をマットアラストが行う。そういう予定だった。

赤錆の女が予定を狂わせた。

彼女の存在は、状況をややこしくする。一刻も早く、消えてもらわなければならない。

凝《こ》らしていた目が、ぼやける。マットアラストは疲れていた。一週間や十日、徹夜をしても疲れる彼ではないが、今度ばかりは別だ。

その時、赤錆の女を見つけた。

ビルから遠く離れた、場所を独り歩いている。

幸運だ。おそらくマットアラストのいる場所は、彼女の認識範囲外。

距離はざっと九百メートル。おそらく彼女の認識範囲は周囲五百メートルほどだ。

マットアラストは銃を構える。

狙撃《そげき》用のライフルではなく、拳銃だ。しかも肉眼。

常人《じょうじん》ならば間違いなく不可能な距離。魔術を取得したガンナーでも、ほとんど当たる可能性はない。しかし、マットアラストは違う。

予知能力を駆使《くし》し、二秒後、命中する瞬間を探す。当たる瞬間を予知してから撃てばいい。

どれほど小さな可能性でも、当たる可能性がある限り、必ず当たる。

予知能力で、命中するビジョンが見えた。土台にした左腕に、引き金に添えられたマットアラストの指に、力がこもる。

だが同時に、マットアラストは予知した。撃った瞬間、後ろから銃弾が飛んでくるのを。

撃つと同時に、後ろに拳銃を向けた。セオリーどおり、二発撃つ。後ろの敵に当たることまでは予知していない。威嚇《いかく》のための射撃だった。

後ろの敵を確認せず、赤錆の女を見る。

外していた。赤錆の女は、後ろを振り返ることもなく、一目散《いちもくさん》に逃げていく。

後ろを倒すか、赤錆の女を追うか。決まっている。赤錆の女だ。ここで逃せば次はない。

後ろの敵は放置する。ビルの屋上を蹴って、マットアラストが夜の空へと跳《と》んだ。


アルメは逃げ続ける。不覚だった。触覚糸の範囲内に気を取られ、その外に目が向いていなかった。

初弾が外れたのは奇跡に近い。二度目は絶対に防げない。

マットアラストの視界から逃れるために、入り組んだ路地に入り、身を低くして走る。一秒でもマットアラストの視界に入れれば終わりだ。

「くそ！」

マットアラストが触覚糸の範囲内に進入してきた。距離を詰められている。隠れて逃れる他にない。ゴミ捨て場の一角に身を隠す。

「………くそ」

現状では、為す術《すべ》がない。いや、元からマットアラストを倒す手段などないに等しいのだ。

マットアラストが立ち止まる。視界から消えたアルメを探しているのだろう。どうにかやり過ごせるようにと祈りながら、ゴミ捨て場の中に身を伏せる。

マットアラストは探し続けている。その時、アルメのいるゴミ捨て場に一匹の痩《や》せ犬が現れた。アルメを見て、うなり声を上げる。

どこかに行け、とアルメは思う。吠《ほ》えられでもしたら、聞こえてしまう。アルメが剣を抜き、音を立てないように振る。小さな鳴き声とともに、犬が絶命する。

その瞬間、マットアラストが走りだした。すでにマットアラストには聞こえていたのだ。アルメはまっしぐらに逃げる。

だが、しかし。

「止まれ」

敵のほうが遙かに速かった。マットアラストが、アルメの行く手に飛び降りてきた。

「………君は何者だ。神溺教団の連中が、ラスコールのことを探るわけがないはずだが」

マットアラストが、銃口をアルメの額《ひたい》に合わせながら聞いてきた。

「貴様は、ラスコールのことを知っているのか」

アルメの足元に銃弾が飛ぶ。

「質問にだけ答えろ」

マットアラストを倒す手段を考える。しかし、見つからない。どんな手段があろうとも、行動する前に、マットアラストはそれを予知してしまうのだ。なんという、戦力差か。

屈するな。戦力差など、初めからわかっていたこと。考えろ。この場を切り抜ける手段を。

「君は、ずいぶん無謀《むぼう》な戦いを挑むな。もう少し、戦う前に頭を使うべきだろう」

気配が変わる。情報を得るのをあきらめ、返答を待たずに殺すつもりか。

その時、マットアラストの後方に人の気配を感じた。

「まったくだよ、アルメ」

マットアラストの表情が変わった。口の中で小さく、しまった、と呟くのを触覚糸で感じた。

「その勇敢《ゆうかん》さは君の美徳だが、無謀は欠点だ」

後ろに立つ男は、ゆっくりとマットアラストの背中に近づいてくる。アルメは、その男を知っている。知らないわけがない。

「さて、挟み撃ちの形になったわけだが、どうするかな、マットアラスト」

「アルメを撃てば、その瞬間を狙うつもりだろう」

「そのとおり。いかに君でも、攻撃の瞬間には隙ができる」

マットアラストは振り向かない。アルメに向けられた銃口も、動かない。

「アルメ、今の隙に逃げるといい。それぐらいの隙はできたはずだ」

その男が言う。

「…………」

アルメは、じりじりと後退する。マットアラストは動かない。撃てば後ろの男に、その隙を突かれる。マットアラストの視界から出るやいなや、すぐさま駆け出して逃げた。

アルメは逃げながら呟く。

「何のつもりだ、楽園管理者」

アルメを見送ったマットアラストは、後ろを振り向く。

「マットアラスト、苦労しているようだね」

後ろの男……楽園管理者が言った。

「アルメには逃げられる。ミレポックはどんどん深入りしていく。為す術なし、というところではないかな？」

「……否定はしない」

「もう無理をするのはやめて、ミレポックにラスコールの正体を明かしてはどうかな」

マットアラストは楽園管理者に銃口を向ける。

「馬鹿を言うな。そんなことができるわけがない」

マットアラストは、男を睨みながら答える。確かに、目の前には一人の男がいる。それはわかる。だが、それ以上のことがわからない。年齢《ねんれい》は。顔は。服は。どれも、わからない。見えているのにわからない。

「どういう、能力かな？」

マットアラストが、問う。男から攻撃は来ない。攻撃される未来も予知されない。黙って男は立っている。

「人の認識を操作する能力だ。他人が自分をどう認識するか、自在に操ることができる。一人の男、としてのみ認識させると、今、君が見ているとおりの状態になる」

男はあっさりと自らの能力を明かした。たとえ明かしても、問題がないということか。

「本当に、そこにいるとも限らないわけだ」

「そのとおり。ご名答」

マットアラストは、拳銃を握りながら二秒後を予知する。殺せないことを理解する。撃っても、銃弾は男の体をすりぬけ、後ろに飛んでいってしまうのだ。

「君のことは、話には聞いていたが、会うのは初めてだな。ハミュッツは元気にしているか？」

「おかげさまで、毎日楽しそうだ。その点のみは、一応感謝しとこうかな、楽園管理者」

マットアラストの指に、力がこもる。


アルメはそれから長い間走り続けた。逃げ切れたのだろうか。触覚糸で知覚できる中にマットアラストはいない。アルメは壊れそうなほど疲れた体を、道に横たえる。

しばらく身動きもできない。三十分ほどもその場にとどまっていただろうか。近づいてくる人影を認識した。今まで周囲には誰もいなかったはずなのに、その男は突然現れた。

「無事かい？　アルメ」

アルメは問い返す。

「楽園管理者。マットアラストはどうした？」

「さてね」

楽園管理者は肩をすくめる。まさかこの男が、倒したというのだろうか。表情は認識できず、何も読み取れない。

「何のつもりだ？」

「助けたのだよ。君は惜《お》しい人材だ。教団の人材不足は君もよく知っているだろう」

アルメは苦笑する。

「健忘症《けんぼう》か？　あたしは裏切り者だ。あたしが神溺教団に何をしたか忘れたのか？」

楽園管理者はあごに手を当てる。

「さて、君は何をしたかな」

「……擬人たちを皆殺しにしただろう」

「彼らはもう要《い》らない。むしろ殺してくれてすっきりしたところだよ」

「ウインケニーをだまして、『本』を奪わせようとしただろう」

「些細《ささい》なことだ」

アルメは思わず剣を握り締める。

「武装司書たちが、ラスコール＝オセロにたどり着こうとしているのもあたしのせいだ」

「心配はいらない。ミレポックにラスコールの正体を知ることなどできない」

「そして、あたしもラスコールを追っている！　これは教団の裏切り行為のはずだ！」

楽園管理者は、圧《お》し殺した笑い声を上げた。

「君にも、無理だよ。ラスコールのことなどわかるわけがない」

たというのか。

アルメは、しばし言葉を失う。自分の行動の全てが、この男には、取るに足りないことだっ

「だが、それら全てを総合しても、あたしを生かしておく理由にはならないはずだ！　あたしはもう教団には与《くみ》しない。そのあたしをなぜ生かす！」

楽園管理者は、優しげな声で言う。

「君が哀れだからだ」

「なんだと」

「狼《おおかみ》が子猫と戦っていたら、子猫を哀れと思うだろう。その子猫が、自分は勝てると信じていればなおさらだ」

アルメはそれを否定できない。今の戦いのあとでは。

「……あたしを、哀れむな」

だがそれでも、哀れまれるのは許せない。アルメのプライドが激しくうずく。

「それは無理な相談だ。君は馬鹿げた理想を追い、勝ち目のない戦いを挑む。無謀で、愚《おろ》かしく、哀れで哀れで仕方がない」

「うるさい。あたしに同情するな」

「そう、その同情を拒《こば》む姿が、哀れでしょうがないんだよ」

楽園管理者は、そう言って立ち去って行った。アルメは怒りに震えながらそれを見送る。

無謀と、楽園管理者は言った。

たしかに、傍目《はため》から見ればそうだろう。だがそれがどうした。

無謀でもかまわない。味方など要らない。誰かの理解など犬に食わせて捨ててやる。

あたしは戦い続ける。憎み、殺し、あざけり続けてやる。

誰にも哀れませはしない。殺し続けることで、それを証明してみせる。


その頃、マットアラストはミレポックのところへ戻っていた。少し様子がおかしいことに、ミレポックは気づいた。何か、悩んでいるようだ。

「何かあったのですか?」

「……いや、なんでもない」

マットアラストは、ミレポックから目をそらす。何か言えないことでもあるのかとミレポックは思った。

第四章　ある家畜の一生

バントーラ図書館、地下迷宮の第五階層。その一角に、ノロティとミンスの姿があった。

実戦に限りなく近い形での、特訓だった。二人は数時間にわたり、戦い続けていた。お互い多少の怪我《けが》は覚悟の上での戦いだ。主に怪我をしているのはノロティのほうだが。

壁を蹴《け》ってノロティが飛ぶ。高いところから、頭を狙《ねら》って踵《かかと》を落とす。それをミンスの銃撃があっさりと迎撃《げいげき》した。軽い木製の模擬《もぎ》弾だが、それでも痛い。

「接敵《せってき》手段のバリエーションが足りねえな。もっと工夫しろ」

撃ち落としたノロティの首根っこを摑《つか》んで、立ち上がらせる。だが手を放すとぱたりと落ちた。ここまでにしておくか、とミンスは思った。

ノロティを背負って迷宮の出口に向かう。ふと、あとから近づいてくる気配を感じた。

「……ああ、ミンスさんなのね」

「おばちゃんかよ」

ミンスは言った。時の止まっていたイレイアが、復活していた。

「だいぶ、時間がたっているようね」

「ああ。心配していたぜ」

ミンスとイレイアが、並んで歩き始める。ミンスは大まかな戦いの結末をイレイアに話した。フィーキーとモッカニアを失ったことに、イレイアはショックを受けていた。

「それで、そのあとにも何かあった？」

「いや、それ以降は平和なもんだ。変わったことといえば、ミレポックがラスコール＝オセロとかいう奴《やつ》を探しに行ったことぐらいだ」

「ラスコール＝オセロ？」

イレイアの足が止まった。

「……………おばちゃん、なんか知ってんのか？」

イレイアの顔には、当惑《とうわく》の色が浮かんでいた。


ミレポックが中央保安局に行くと、勤務中のカロンが話しかけてきた。

バントーラ図書館から連絡が来ているという。ミレポック宛《あて》に、イレイアから。思考共有をしろと、一言だけの連絡だった。すぐに思考を繋《つな》ぐ。

（復活したのですね。心配しました）

イレイアは、すぐさま本題に入った。なにか、切羽《せっぱ》詰《つ》まった雰囲気《ふんいき》がある。

（話は聞いたわ。ラスコール＝オセロを探しているのね）

（はい）

（私も加勢に行くわ。これから向かうわ）

急な申し出に、ミレポックは驚く。

（それは必要ありません。代行から聞いていませんか？　私たち二人に任せるという判断です）

（それで、大丈夫なの？）

（敵戦力は今のところ一名のみ。私と互角《ごかく》程度の相手ですので、加勢の必要はありません）

ラスコールの正体についての不安はあるが、ミレポックは言わなかった。イレイアは悩んでいるようだ。

（…代行の判断なら、従わなければならないわね）

妙だなとミレポックは思った。

（ラスコールについて、何かわかった？）

（いいえ、ほとんど何も）

（………そう）

（何か、ラスコール＝オセロのことを知っているのですか）

（気になることがあるの）

（なんですか？）

（あなたは気にならない？　ハミュッツさんは、極力ラスコール＝オセロに関《かか》わるまいとしているわ）

（……）

たしかに、そうかもしれない。そういえば、ラスコールに関する調査も、ミレポックの発案も、全《すべ》て握りつぶしたのはハミュッツだ。

（もしかしたら、ハミュッツさんは、ラスコールのことを知っているのかもしれない。知っていて、あえて関わらせないようにしているのではないかしら）

（まさか。考えすぎですよ）

（もしかしたら、ラスコール＝オセロとは触れてはならないものなのかもしれないわ）

（……まさか、そんな）

（ハミュッツさんほどの戦闘力があってもなお、触れられないもの……それはいったい、どんなものなの？）

（……考えすぎですよ、イレイアさん）

（そうかもしれないわね）

ミレポックは思考共有を切った。昨日から感じている嫌な予感が、さらに大きくなっているのを感じていた。

中央保安局で書類仕事をしていたカロンに、ミレポックが話しかける。のんきな保安官たちが、カロンに口笛を吹いていく。

「どうしました？」

「その、たいした用事ではないのですが……ラスコール＝オセロのことを調べているときに、何か身の危険を感じたことはありますか？」

カロンはきょとんとした。

「どんな？」

「……いえ、たいしたことではないのですが……」

「そう言えば、最近いろんな人がラスコールについて聞きに来ますね。ブームなんでしょうか」

「……そうかもしれませんね」

「あなたと、マットアラストさんと、赤毛の女の人に、変な男の子。この短期間に四人だ」

カロンが引っかかることを言った。赤毛の女の人とは赤錆《さび》の女のことだろう。だが、変な男の子とは誰のことだ。

「男の子が来たのですか？」

「ええ。ミレポックさんにしたのと同じ話をして、帰しました」

どうしてそんな重要なことを黙っているのか。ミレポックはマットアラストに思考を送った。

（……妙だな。俺たちと教団の他に、ラスコールを追っているものがいるのか）

（探しますか？）

（至急《しきゅう》）

カロンから、少年の人相を聞き、ミレポックは中央保安局を出た。

街を訪ね歩き、少年を探す。学校や周辺の子供たちは知らないという。ならば旅人か。ミレポックは宿泊施設をしらみつぶしに当たっていく。

その少年は何者なのだろう。教団の仲間なのか。いや、それなら赤錆の女がカロンと会っている。教団とも無関係の存在のはずだ。

ミレポックが市街電車に乗り込もうとしたとき、後ろから声がかかった。

「待ちな」

振り向いて、驚愕《きょうがく》する。そこに、赤錆の女が立っていた。思わず腰の剣に手が伸びる。

「よせよ、いくらなんでもここでは仕掛けない。それに、そういう気分でもない」

赤錆の女の言うとおりだ。ミレポックは剣から手を放す。それに、赤錆の女に前に会ったときのような気迫がない気がする。

乗るはずだった市街電車は、ミレポックを置いて出発する。

「あのさ、あんた、ずっと何してるの？　この街に来てから何もしてないじゃない」

「……知れたこと。ラスコールを追っている」

「ふうん、無駄だと思うけどね」

赤錆の女は気のない声で言った。ミレポックは聞いてみたいことがあったのを思い出す。

「一つ、妙な話を聞いたわ」

「なんだ?」

「ラスコール＝オセロとは、触れてはならない存在なのかもしれない」

そのとき、ミレポックは見た。赤錆の女の顔に、動揺が浮かぶのを。

「何を言っているんだか」

赤錆の女は首を振ってごまかす。だがミレポックにも見抜けるほど、無理のあるごまかしだ。

やはり、そうなのだ。神溺《しんでき》教団にとっても、ラスコール＝オセロとは触れてはならないものなのだ。

「話は終わりか。じゃあな」

赤錆の女が立ち去っていく。その後ろ姿を見ながら、ミレポックは思った。

私はいったい、何を探そうとしているのだろう。

その時はじめて、ミレポックは思った。ラスコール＝オセロを、怖いと。


夜になった。

ミレポックはもう一度カロンのアパートを訪ねた。少年に関する手がかりを探すためだが、ラスコールを探す糸口という意味でも、今のところ彼しかいない。

カロンがミレポックを歓待《かんたい》する。

アパートの中に足を踏み入れて、ミレポックは驚愕した。

部屋の中に積まれていた資料がない。床に山と積まれていた古文書《こもんじょ》や文献《ぶんけん》がない。本棚すら空《から》になっている。部屋ががらんどうになっていた。

「カロンさん、ラスコール＝オセロの資料はどうしたんですか？」

「何のことですか？」

きょとんとミレポックに顔を向ける。

「ラスコール＝オセロについて調べていたでしょう？」

「……………ラスコール＝オセロ？」

カロンの表情も、部屋の状況も、とうてい冗談では済ませられない。虚構抹殺杯《まっさつはい》アーガックス。その存在を、ミレポックは思い出した。

「いやあ、それにしても武装司書とお近づきになれるなんて嬉《うれ》しいなあ。まるでシネマの中みたいですよ」

カロンは、のんきな声を出す。ミレポックが遊びに来たとでも思っているのか。いそいそとお茶《ちゃ》うけを探したりしている。

「それにしても、いつあなたと会ったのでしたっけ。どうも、最近の記憶がはっきりしなくて」

ミレポックは、無言でその場を立ち去った。

敵が動き始めている。ラスコールに関わるものを消しているのだ。まずはカロン、ならば次は誰だ。ムドリか、それとも自分か。敵の動きが、そして敵の正体が全く摑めていない。

私たちが探そうとしているものは、なんなのだ。

ミレポックは街角にたたずみ、考え続けている。少年を追わなければならないのだが、足が動かない。

この街で聞いたラスコールの情報が、頭の中を駆け巡《めぐ》る。

神溺教団が隠し続けるもの。そして、信徒にすらその正体を知らせていないもの。

教団の『本』を支配し、武装司書の手に渡るのを阻《はば》むもの。

数百年も前から存在し続け、人々の『本』を運び続けるもの。

自《みずか》らの正体を追うものを、全て消し続けるもの。

そして、ハミュッツすら関わろうとしないもの。

もしも、それらの情報の全てが真実ならば、それは人間ではない。人間ではない相手と戦う力など、ミレポックにはない。

自分は、勝ち目のない相手に挑《いど》もうとしているのではないか。

(ミレポック、何を考えている?)

その時、マットアラストから思考が送られてきた。

(マットアラストさん。この戦い、続けてもいいのですか?)

(何を言っている?)

(……そうです。マットアラストさんも、私を追い返そうとしていた)

（何を考えている）

（ラスコール＝オセロのことを、知ってはいけないのですか？　ラスコール＝オセロを追うものは死ぬと、書いてあった）

（……………）

（そうです。『本』を操《あやつ》れる魔法使いが実在するとしたら、それは神の領域の存在です。そんなものに武装司書の力が及ぶわけがない。ラスコール＝オセロとは武装司書の力の及ばない存在なのでは）

マットアラストはしばらく何かを考えていた。そして思考を送ってくる。

（ミレポック。ちょっとそこで待ってろ。すぐに行くから）

そう伝えて、マットアラストが思考を切った。

しばらくして、やってきたマットアラスト。彼はいきなりミレポックの頭を叩《たた》いた。平手だが、けっこう強く叩かれた。くらくらする頭を押さえる。

「あのな、ミレポック」

ミレポックは思い出す。見習いのとき、叱《しか》られるときはこうやって頭を叩かれたものだ。

「落ち着け」

「………はい」

「君は勝手に敵を想像して、勝手にそれに怯《おび》えている。敵を探るのは結構だが、馬鹿《ばか》なことを考えるな」

そう言われて、少し冷静になった。心の中の不安は消えていないが、頭は冷えた。

「ミレポック。よく考えろ。何がラスコール＝オセロを追うものは死ぬ、だ。誰が死んだ？　俺も君も、カロン君ですら、殺されてはいないんだ」

「……………はい」

「はっきり言うが、君は今、敵の術中にはまっている」

「……………敵の術中？」

ミレポックは聞き返す。だがマットアラストはそれがどういうことか教えてはくれない。

「その状態じゃ、だめだ。君はしばらく休め。例の少年を追うのもあとでいい」

「休め、とは？」

「文字どおりの意味だよ。カフェでゆっくりするとか、どうにかして頭を冷やせ」

ミレポックは項垂《うなだ》れる。こんな命令をされるのは初めてのことだった。

「マットアラストさん………術中にはまっているとはどういうことなんですか？」

「頭を冷やせばわかることだ」

そう言って、マットアラストは立ち去って行った。

次の日から、ミレポックは言われたとおり、全ての任務から離れた。

情けない。ミレポックはそう思った。

敵は強いかもしれない。それだけのことで取り乱すなんて。マットアラストや仲間たちに顔向けができない。

そもそも、まだ何事も起きていないのだ。街は平和なまま。誰かが殺されたというわけでもない。一人で勝手に、ラスコールを過大評価し、実態のない影に怯えていたのだ。

ミレポックはなす術《すべ》もなく、街を歩いていた。カフェでコーヒーを飲んだり、買う当てもなく店を回りながら、頭を冷やす。

事実上、戦力外と言われたに等しい。ショックだった。

ふと、足が止まった。街角でバイオリンを弾いている女がいる。

まただ、とミレポックは思った。

バイオリンを弾いていたのは、赤錆の女だった。

赤錆の女は、とうの昔にミレポックに気づいていたようだった。無言でバイオリンを下ろし、ミレポックを見る。

「よく会うな」

赤錆の女は言った。

「そうね」

昨日会ったときも思ったが、覇気《はき》がない。何かあったのだろうか。

バイオリンの弦《げん》をもてあそびながら、赤錆の女が言う。

「今度も戦うつもりは無しか？　こんな街角で戦うのもどうかと思うが」

「休職中なのよ」

「ああ、昨日言われていたな。笑えたよ。見ものだったぜ、お嬢ちゃん」

赤錆の女がニヤニヤと笑う。

「休職中だから戦わないのか？」

「そういうものでしょう？　戦いとは。私は仕事だから戦っているのよ」

ふん、と赤錆の女は鼻先で笑う。

「まあいいや。昨日も言ったが、ちょうどあたしも、戦う気分じゃないんだ」

「気分が乗らないから戦わないの？」

「そういうものだろう？　戦いとは。あたしは戦いたいから戦ってんだ」

赤錆の女はにやりと笑みを見せた。

この女は、苦手だった。

最初に会ったときから、ずっと彼女には気圧《お》されるものを感じている。なぜだろう。戦力の差ではない。それ以前の、精神面での何かだ。

「聴いていくか？」

そう言って赤錆の女が、バイオリンの弦を持ち上げた。

「……そうしようかしら」

「お代は見てのお帰りだ」

赤錆の女は目を閉じ、静かに奏《かな》ではじめた。ミレポックは、彼女のバイオリンを聴きながら思う。

なんとも、馬鹿なことをしている。

だが、今の自分には、馬鹿なことが似つかわしいような気もした。

自分は何をしているのだろう。ラスコールを追ってここまで来たのに、マットアラストに頼りきりだ。

今回の戦いほど、自分の無力を感じたことはなかった。


アルメもまた、考えていた。

自分は哀《あわ》れな存在なのだろうか。目の前の、この女を殺すぐらいならできる。だが、それ以上のことはなにもできない。

マットアラストになす術《すべ》なく敗《やぶ》れ、敵のはずだった楽園管理者に助けられた。追っているラスコールのことは、手がかりも摑めない。

自分は、弱い。その事実が、次第《しだい》に重くのしかかってくる。


アルメとミレポック。二人は同時に、同じことを考える。

自分はいったい、何をしているのだろう。無力な自分を認めたくないために、無駄な足掻《あが》きをしているのではないだろうか。

バイオリンを弾き終えると、ミレポックは財布から、小銭を取り出して放り投げた。良《よ》し悪《あ》しはわからないが、なにか悲しい演奏だなと思った。

「一つ、教えてやるよ」

投げられた小銭を受け取めながら、赤錆の女は言った。

「何であんたが弱いのか、あたしはなんとなくわかる」

「どういうこと？」

「あんたはね、正解を探しながら戦っている。殺すのが正解か、殺さないのが正解か、考えながら戦っている。だからあんたは弱いのよ。最初に戦ったときに気がついたわ」

言われてみれば、そうかもしれない。だが、それは間違っていないはずだ。

「それが、武装司書よ。私たちは秩序のために戦うのだから」

「それじゃあ駄目だよ、お嬢ちゃん」

最初に戦ったときと同じ台詞《せりふ》をアルメは口にした。

「あたしは違うね。正解であろうとなかろうと、あたしは殺す。あんたにはそれができない」

一瞬、納得しかけたがすぐに気を取り直す。

「敵のアドバイスをきく馬鹿がいると思う？」

「………そうだな、敵にアドバイスをする馬鹿もいない」

話は終わりだろう。ミレポックは、馬鹿な時間を過ごしたなと思いながら立ち去ろうとする。

「なあ、ミレポック」

「何？」

「あたしたちは、弱いな」

その言葉の真意を、問うことはしなかった。それは赤錆の女の、心底《しんそこ》からの言葉に聞こえたからだ。

「あんたは、これからどうする？」

「私は自分のするべきことをする。それだけよ」

そう答えると、赤錆の女は笑った。

「そうだな。それしか、ないか」

赤錆の女と別れたあと、ミレポックは思った。どうやら、励《はげ》まされてしまったようだ。そして、どうも自分も赤錆の女を励ましたようだった。

彼女とはまた、殺しあうことになるだろう。その時に、今の会話が何か意味を持つだろうか。


ミレポックには感謝しておこう。そう思いながら、アルメは街を歩く。

アルメは、一つの手がかりを見つけていた。ミレポックの服の中にあった一枚の紙。バイオリンを弾きながら、それを触覚糸《しょっかくし》で探っていたのだ。

パーニィの遺書の中にあった一つの名前を、アルメは知っていた。

オルト。かつて、神溺教団の幹部だった男の名だ。高齢を理由に、教団を去ったはずだが。

まさかこの街にいるのか。アルメは触覚糸を広げながら街を探していた。

擬人《ぎじん》オルト＝ゴーラは、情報を管理するのが任務だった。神溺教団につながりかねない情報をもみ消し、あるいは操作する。そのために彼は新聞社を支配下に置き、さらには映画会社、劇場や興行会社までもを手中に収めていたはずだ。

あの男が、かつてはパーニィに仕《つか》えていたということか。たしかにありえない話ではない。


それから半日の後《のち》、アルメは、街の片隅《かたすみ》に住む一人の老人を見つけた。予想どおり、オルトはフルベックの街にいた。アルメの捜索からもれかけるほど、寂《さび》れた場所に住んでいた。

質素な、いや、貧相な家にアルメは足を踏み入れる。

「………無用心だな」

アルメは言った。家を守るのは、ドアの鍵《かぎ》一つだけだった。

揺り椅子《いす》に座る一人の男。久方ぶりに見る彼は、生きているのが不思議なほどに、枯れ果てた老人になっていた。

「身を守る手駒《てごま》ぐらい、揃《そろ》えておかないのか？」

アルメが聞く。

「わしを見つけ出すようなもの相手に、多少の手勢《てぜい》を揃えて何になる」

オルトはしわがれた声で答えた。

「神溺教団かな。それとも、武装司書かな？」

オルトはアルメに顔を向ける。老いで視力も失われているようだ。

「……教団のほうだよ。正確に言えば、教団の裏切り者だが」

「そうか」

そう言って、オルトはゆっくりと身を起こした。

「パーニィ＝パールマンタの『本』を、持っているのはお前だな」

「そのとおり」

「よくぞ、今まで隠し通したものだ」

「この世の光からも、闇《やみ》からも、わしは縁《えん》を切った。誰もわしを知らないのだから、誰もわしにはたどり着けまい」

「なぜパーニィの『本』を持っている？」

「ラスコール＝オセロが渡してくれたのだ。彼女は天国へいけなかった。天国へいけないのなら、せめて自分を知るものの所にとどまりたいと願っていた」

「ラスコールが……」

アルメは思わず呟《つぶや》く。そのアルメに、オルトが問う。

「もしかして、君はアルメか？」

「そうだ」

「わしは、君のことをよく覚えているよ」

「なぜ？」

「わしや君のように、心から真人《しんじん》を慕《した》っている擬人は、数少ない。そういう意味で、共感を感じていたのだよ」

「……お前も、そうだったのか？」

「ああ。パーニィは哀《あわ》れな人だった。自らが欲した幸せを、自らの手で壊してしまったのだから」

「パーニィのことに興味はない。知りたいのは、ラスコールについてだけだ」

「ラスコール？」

「奴の正体を探りに来たんだ」

オルトは、かすかに笑った。そして、指で部屋の隅に置かれた、『本』を指し示した。

「読んだところでわかるかどうか。何しろラスコールは、わしたちとは次元の違う存在だ」

アルメはじっと『本』を見つめている。これが目的で、ここまで来たのだ。教団を裏切り、ウインケニーを操り、擬人たちを殺した。

なら、なぜ今になってためらう。

「見ないのかね。それが、目的だろう」

楽園管理者の言葉を思い出す。ラスコールのことにたどり着けるはずがない。だとすれば、この『本』も無駄足かもしれない。だからためらってしまうのだろうか。

それとも、これは罠《わな》なのか。

「見ないのかね？」

それとも、アルメがラスコールに到達するはずがないという自信があるのか。

「……やめておくのかね、それもまた良し」

何をためらっている。見ればわかること。

アルメは手を伸ばした。指先が『本』に触れ、記憶が流れ込んでくる。かつて教団に所属した、哀れな女の記憶が。


パーニィ＝パールマンタ。

彼女の本名がリサ＝パニスということを、アルメは初めて知った。

彼女はフルベックの小汚いアパートに住み、皿洗いで日銭を稼《かせ》いで暮らしていた。彼女をパーニィと呼ぶものはいない。その頃の彼女は、女優とは呼べないただの女だった。

皿洗いから帰ったパーニィは、ドアの郵便受けを開ける。何も入っていなかった。

今日、彼女のもとに通知が届くはずだった。選考会の合否を告げる通知が。

また、不採用か。パーニィは呟く。通行人の役すら、彼女は掴めなかった。


狭いアパートの真ん中に、大きな鏡があった。その前で、パーニィは演技の練習をする。使い古した台本を読み上げ、表情を動かし、時に身ぶり手ぶりをまじえる。

そこは、彼女が主役になれる、唯一《ゆいいつ》の場所だった。

「上手《うま》いよね、パーニィちゃん」

話しかけてくる少女がいた。同居人で、同じように女優を夢みる、メルという少女だった。

「うん、ありがとう」

渡されたタオルで汗《あせ》を拭《ふ》く。

「次はあたしの演技見ててね」

今度はメルが鏡の前に立ち、台本に書いてあった愛の言葉を読み上げる。

下手ではない。だがパーニィのほうが上手い。いや、演技力では、この街のたいていの女優よりも、パーニィのほうが上をいっている。

だが、パーニィは日の目を見ない。

足りないものはきっかけだ。きっかけだけが足りないんだ。パーニィはそう信じている。

平凡な農家の娘に生まれ、十六のときにフルベックに来た。それから七年。その月日を、信念だけが支えていた。家族とはすでに音信も絶え、友人はメル一人。恋人もいない。持っているものは夢だけで、それ以外の何もいらなかった。

メルの演技練習が終わる。メルは汗をぬぐいながら言う。

「パーニィちゃん、いつかさ、二人で主役張ろうね」

「うん」

「あたしがチャンス掴んだら、絶対パーニィちゃんを推薦《すいせん》するから、パーニィちゃんが掴んだらあたしを呼んでね」

「うん」

パーニィは力強く頷《うなず》く。

なんともちっぽけな約束だ。だがそれすらも、今のパーニィにとっては遠いものだった。

彼女が、後《のち》に世界秩序の敵となるなど、彼女のその後を知っている、アルメにすら想像ができない。彼女のどこに、非凡《ひぼん》な部分があるのだろう。

いや、それは、かつてのアルメも同じこと。ウインケニーやボラモットもそうだ。あるいはシガルさまやガンバンゼルすらそうだったのかもしれない。

教団に出会うまでは、誰もが平凡だったのだ。


二言の台詞だけの役を、パーニィは二月もかけて練習した。そして迎えた選考会。

「パーニィ＝パールマンタです」

「年齢は？」

「二十三歳」

そう言うと、演出家や脚本家たちが何か耳打ちしあう。そして、言った。

「二十三歳ですか……わかりました。選考は以上です。結果は郵便でお伝えします」

せめて演技ぐらい見てください、と言おうとしてやめた。二十三歳。女優の卵としては、若くないことはわかっていた。

その日の帰り道、露店《ろてん》でホットドッグを買った。齧《かじ》りながら、ぶらぶらと家に帰る。見慣れた安アパートに戻ってくる。

ふと、足元に猫を見つける。パーニィはホットドッグのソーセージを、猫の前に落とした。猫は鼻を鳴らしてソーセージの匂《にお》いを嗅《か》ぐが、何が気に入らなかったのか、一口も食べずにどこかへ走り去っていく。

「贅沢《ぜいたく》な子」

パーニィは階段に腰を下ろし、刻《きざ》み玉ねぎだけになったパンを齧る。

もう、駄目なのかもしれない。パーニィの心の中に、圧《お》し殺してきたその言葉が浮かんできた。

その時、道の向こうから、一人の男が歩いてきた。腕の中に、さっきの猫を抱えている。

「これ、あなたの猫ですか？」

「知らない子よ」

「なんだ」

そう言って、男は猫を放す。猫は迷惑そうな表情で、一目散《いちもくさん》に逃げて行った。

「………パーニィ＝パールマンタさんですか？」

「誰よ」

パーニィはじろりと男を見る。

「名乗るほど大層な名前はありません」

どうにも芝居《しばい》がかった台詞だと、パーニィは思った。

「じゃあ、何よ」

男は首をかしげながら、言った。

「そうですね、つまりは、あなたのファンです」

思わずパーニィは噴《ふ》き出した。

「コメディなら、たいしたものだわ。具《ぐ》のないホットドッグを齧る女が好きなの？」

男も笑い出す。

「いいえ、あなたのファンです。パーニィ＝パールマンタさん。シネマに映る他の誰も、あなたを見たあとでは色あせて見える」

コメディの次は口説《くど》き文句かとパーニィは思った。付き合う気分でもない。

「もういいわ」

「………いい？」

「あたしは平凡だったの。それがわかったんだから、もういい」

「あきらめるのですか？」

「あきらめたくはないわ。でも、あたしは平凡なのよ。どうしようもなく平凡なの」

パーニィの手から、ホットドッグの欠片《かけら》が落ちた。パーニィは階段に座り、男に顔を見せないようにうつむく。

「世の中の人は、そう思うでしょう。でも、私は知っている。あなたは一つ、非凡なものを持っていると」

「どこにあるの？　そんなものが」

「……そこに」

そう言って、男はパーニィの胸を指さした。

「その思いの純粋さは、他の誰も持っていない。あきらめてはいけません。あなたの夢はこの世界の宝物。つまらないつまずきで、なくしてはいけません」

そう言って、男は立ち去った。


次の日、手紙が届いた。昨日受けた選考会の、演出家からだった。

パーニィに出演を願いたいという。しかも、昨日選考を受けた端役《はやく》ではなく、主役として。看板になるはずだった女優を降ろして、パーニィを使いたいという。

「パーニィちゃん、これ、うわあああ、すごい！」

友人のメルが、我がことのようにはしゃいでいる。だがパーニィの足は震えていた。

昨日の男の存在が、すぐに思い浮かんだ。あの男の、差し金か。

あんな男は知らない。こんなことができる権力者がこの街にいるなんて知らない。

クローゼットから、一番良いドレスを探し、ありったけの装飾品をつけて映画会社へ行く。

嬉しいという気持ちはない。ただ怖かった。

こんなのは、おかしい。ありえない。

これから何が起こるのだろう。朝起きたら、夢だったというのなら、そのほうがまだ気が楽だ。件《くだん》の映画会社が近づく。踵《きびす》を返して、帰りたくなる。

だが。

「来た！　あの人だ！」

映画会社の玄関先に、たむろしていた何十人もの記者たち。写真機の光が降り注ぐ。

その光の中でパーニィは、恐怖も、困惑《こんわく》も、全てを忘れた。

夢の中のような何日かが過ぎた。その間、猫を抱えてやってきた、あの男の姿は、パーニィの視界に入らなかった。

どういうわけか、パーニィは突如《とつじょ》現れた彗星《すいせい》のような天才女優ということになっていた。選考会を何度も落ちたことなど、誰も彼も忘れたかのようだった。

いや、それは、封じられた過去になっているのだ。誰かに皆、口を封じられていた。

恐ろしいほどの権力が、パーニィのために動いていた。

それから、数カ月後。忙しい日々が一段落して、またアパートへ帰ろうとした道の上。あの男が、道路脇《わき》にしゃがんでいるのを見つけた。

パーニィが近づく。男は薄いハムを指でつまみ、猫に食べさせていた。猫は野良《のら》のくせに警《けい》戒《かい》する様子もなく、男のつまんだハムにのどを鳴らしている。

「やあ」

男は顔を上げて言った。

「それ、この間の猫？」

「ああ。仲良くなった」

猫がパーニィに気がつき、食事をやめて逃げ出した。あたしは嫌われているのね、とパーニィは思った。

『本』を読んでいるアルメは、その男を知っている。忘れるはずもない相手だ。

「あなたは、誰？」

パーニィが聞いた。

「名を名乗ることはできない。普段は役職で呼ばれているから、君もそうして欲しい。楽園管理者。そう呼んでくれ」

前に出会ったときにはわからなかった、男の奇妙な事実に気づいた。男の顔を覚えられない。魔法使いだとパーニィは理解した。

「今、どんな気持ちかな」

楽園管理者が聞いてきた。パーニィは素直に答えた。

「最高の気分よ」

「そう答えられるものは少ない。たいていの人は、いや、君以外のおそらく全員が、戸惑《とまど》い、おののく」

「……そう、かな」

「だからこそ、私は君を選んだ」

パーニィはもう一度、さっきと同じ質問をした。

「あなたは、いったい誰なの？」

「我々は、神溺教団。天国を目指すものたちだ」

神溺教団。その存在を、メルのいないアパートの中で聞いた。

楽園管理者の話を、にわかに信じることはできなかった。天国のことを記した『本』を見せられても、まだ。

「どうしてあたしなの？　あたしに、その、天国へいく価値があるの？」

「あるんだ。君の心には確たる幸福の形がある。迷いがなく、ためらいもない。君には十分に、真人になる資格がある」

「本当に？」

「君自身の胸に聞いてみるといい。君は、何よりも演じることを望んでいる。誰もが君に拍手《はくしゅ》を送り、その拍手の中で死ぬことを願っている。

その気持ちは、頑《かたく》なだろう」

そうだ。それはずっと夢見てきたこと。それはパーニィの人生の全てだ。他には何もない自分だが、この気持ちだけは絶対に揺るがない。

「そうだ。わかっただろう。君には真人になる資格があると」

そう言って、楽園管理者は後ろを指し示した。

「見てみるといい」

振り向くと、何人もの人が狭いアパートの中に入ってきた。今まで外で待っていたのか。

「紹介しよう。君に仕える、擬人たちだ」

その中の一人、闘犬のような目をした男が、歩み寄って跪《ひざまず》く。

「パーニィ＝パールマンタさま。望むこと全て、我々にお申しつけください。いかなる些細《ささい》な望みであろうと、我々はそれをかなえるために命を投げ出します。

私の名は、ザッキー＝マイロン」

パーニィの足に口をつけた。お姫様でもこんな扱《あつか》いは受けないだろう。

「彼は忠実な神溺教団の戦士だ。君を守ることが任務だ」

次に、杖《つえ》を突く老人がパーニィの足に口づける。

「彼はオルト＝ゴーラ。君を世界中に売り出してくれる」

楽園管理者が言う。次々と、擬人たちがパーニィの足に口づけ、忠誠を誓《ちか》っていく。

最後に、一人の老婆《ろうば》が歩み寄ってきた。

「………パーニィ様。わたくしめは、他の皆様のようにお役に立つことはできないかもしれませぬ。しかし、どうか、このようなものがおりますことを、記憶の片隅にでもおいてくださいませ」

「あなたも、神溺教団なの？」

「はい」

そう言って、彼女は平伏《ひれふ》した。

「パーニィ。君は一人じゃない。君の胸のうちにある幸福は、天国で皆のものになる」

そうだ。この幸福はみんなと分かち合うためのものだ。自分一人のものではない。

「みんな」

パーニィは擬人たちに向かって言う。

「あたしは、演ずることしかできない。だから、みんなにたくさん助けてもらうことになると思う。あたしは頑張って幸せになるから、一緒に天国へいこう」

全員が感動の声を上げる。楽園管理者は満足そうにそれを眺《なが》めていた。


眠る暇《ひま》もなく、パーニィは働き続けた。夜遅くまで台本を読み、朝になれば撮影所に飛んでいって演技をこなす。普通の人ならば、一週間で音《ね》を上げるような日々を、喜んでこなした。

「パーニィさま。お体に障《さわ》ります」

側近《そっきん》となった戦士ザッキーが、彼女に言った。

「休むほうが辛《つら》いわ。演じられるのよ。観客があたしを待っているのよ。朝が来るのが毎日待ちきれないの」

それはパーニィの本心だった。だからこそ、真人なのだ。

彼女の名声は日増しに高まる。評論誌では彼女を褒《ほ》め称《たた》えることのない記事を、探すほうが難しい。その一枚一枚を切り取らせ、全てスクラップさせた。毎日暇ができれば、それを眺める。

「また、大当たりですね」

ザッキーが言った。

「そろそろ、絶賛されるのにも飽きてきたりはしませんか？」

「何を言ってるの？　馬鹿なことを言わないで」

「失礼いたしました。それでこそ、真人でございます」

ずっと暮らしていた安アパートは引き払い、パーニィは大豪邸《ごうてい》に移り住んでいた。それも嬉しいことだが、演じられる喜びに比べたら、全く些細な幸せだ。

「演ずる他に、なにかご所望《しょもう》のものはありますか？」

「ないわよ」

「ですが、あなたさまの全ての望みをかなえることが、我らの使命。どれほど小さな望みでも、かなえなければならないのです」

「そうね、困ったわ」

パーニィはしばらく考え、軽い気持ちで言った。

「そうだ。家族に会いたいわ」

「……え？」

「ずっと会っていないの。手紙も送ってなかったわ。一緒に住みましょう。そして、父さんや母さんも天国へ連れていきましょう」

この程度の望みが、叶《かな》えられないはずもない。全ての望みがかなえられるのが真人なのだから。しかし、ザッキーの返事は牙《きば》を剝《む》くような声だった。

「……それはかないません」

彼が反抗するのは、初めてのことだった。

「え？」

「全てを為すことを許される真人にも、してはならないことがあります。神溺教団の存在を、世間《せけん》にもらすことです」

「……どうして？」

「もしも世の人に天国の存在が知られれば、誰も彼もが天国へいくことを望みます。それでは天国が穢《けが》れ、天国が天国の意味を成《な》さなくなります」

「……」

「天国へいくのは、ラスコール＝オセロによって選ばれしものでなくてはならないのです」

パーニィはその望みを口にするのをやめた。その会話はすぐに忘れたが、ザッキーの牙のような声だけは、彼女の心にしこりとして残った。

ある日、彼女は、訪ねてきた楽園管理者に聞いた。

「そういえば、前から聞きたかったのだけれども、あなたに願いはないの？」

「願いとは？」

「あなたは神溺教団の総帥《そうすい》なのでしょう？　あたしみたいに、好きなことをしたいと思わないの？」

「いいや、私はあくまでも擬人だ。真人は神のために幸福を生み出し、私は真人を補佐するものを束ねる。役目が違うんだ」

「ふうん、そうなの」

得体《えたい》が知れないが、好感が持てる男だ。猫が好きというのも悪くない。そう言えば、彼の名前を知らない。

ザッキーがしばらく前に、言っていた名前を思い出す。

「ところで、ラスコール＝オセロ」

「？」

楽園管理者は辺《あた》りを見渡した。

「ラスコールが来ているのかい？」

「あなたの名前がラスコールじゃないの？」

「それは勘違《かんちが》いだ。ラスコールは別人だ」

「なんだ。じゃあ、ラスコールって誰なの？」

「君はまだ、ラスコールに会っていないのかい？」

「ええ。知らないわ」

「彼は気まぐれだからね」

「誰なの？」

「彼は、神のところに『本』を運ぶことを務めとするものだ。我々が生み出した幸福を、天国へ運ぶもの。それがラスコールだ」

『本』を読みながらアルメは思った。ようやく、目的にたどり着いた。それがラスコールの正体なのか。

パーニィが楽園管理者に話しかける。

「ラスコールってのは、あなたより偉《えら》いの？」

「偉いというよりも、そもそも在《あ》り方そのものが違う。彼について聞くのは、このあたりにしてくれないか」

「どうして？」

「天国の所在を知るのは、ラスコールと私だけだ。もしも、天国の所在が信徒に知られてしまったら、ずるをして天国へいこうとするものが現れる。信徒でない人に天国の所在が知られたら、教団は終わりだ。だからラスコールのことは秘密にしておかなくてはいけない」

「そう。じゃあ、やめるわ」

パーニィは素直に従う。楽園管理者は辺りを見渡した。

「もしかしたら、ラスコール、その辺りにいるかもしれない。ラスコールの話題をしていると
たまに現れる」

「そのとおりでございます」

その時、床の中から声がした。湧《わ》き出るように、一人の男が突然姿を現した。

年の頃は、四十ほどどか。頭の半分ほどまではげた頭と、鷲鼻《わしばな》が目に付く。中肉中背《ちゅうにくちゅうぜい》の体を、黒いスーツに包み、石でできた奇妙な短剣を右手に持っていた。

初めて見るラスコールの姿。アルメはその姿を目に焼き付ける。

「ちょっと拍子抜《ひょうしぬ》けしたわ」

パーニィが笑いながら言った。

「なんか、しょぼい。普通の人だし。絶世の美青年とか、ものすごい老人とかそういうのかなと期待してたのに」

「これは手厳《てきび》しい」

楽園管理者が笑った。

「大変に恐縮《きょうしゅく》でございます」

ラスコール＝オセロは真面目《まじめ》な顔で言った。

「パーニィさま、あなたが満ち足りた生と満ち足りた死を得たとき、あなたの『本』を天国に運びましょう。私はその時を、楽しみにしてございます」

「楽園管理者にも聞いたんだけど、あなた自身は、満ち足りたいと思わないの？」

ラスコールは首を横に振った。

「この世が映画だとしたら、私はその観客のような存在です。私はただ眺め、時折手を貸すだけでございます」

そう言って、挨拶《あいさつ》もそこそこに、ラスコールは消えた。

何を抜かしているのか、と『本』を読みながらアルメは思った。


その後も変らずに幸せな日々は流れる。

だがある日、パーニィの幸福に、明確な亀裂《きれつ》が入った。その時は全く唐突《とうとつ》に訪れた。

「パーニィちゃん」

ある映画の台本読みで、出演者が一堂に介《かい》した場。パーニィは思いがけない顔を見つけた。

「メル？」

神溺教団に入る前、アパートで共に日を過ごした友人だった。

「初めてだね、一緒に出るの」

メルは無邪気に語りかけてきた。長い月日がたっていたが、彼女の笑顔はあの頃のままだった。自分はどうだろう。変わっているのだろうか。

「楽しみにしてたよ」

「うん」

どちらかが、スターになったら、呼びに来る。二人はかつて、そう誓いあった。だが、パーニィはメルのことを、思い出しもしなかった。

メルはそのことには触れない。忘れているのか。それとも、気にしていないのか。パーニィは言葉を詰まらせた。

「台本読み、始まるよ。パーニィちゃん、覚えてきた？」

「ええ」

「うわ、参ったな。パーニィちゃんのほうが台詞多いのに」

パーニィは主役の女王。メルは端役の、王様の浮気相手だった。しかし、その撮影の間、パーニィはずっとメルのことを目で追っていた。

撮影が始まると、無邪気だった彼女の顔が変わる。豹《ひょう》のような鋭い目と、強く静かな意思を秘めた口元。

カメラが回り始めると、それが瞬時に、蓮《はす》っ葉《ぱ》で妖艶《ようえん》な美女の表情に変わった。

やがて、パーニィは目で追っているのではないことに気がつく。いつしかパーニィはメルの演技に、目を奪われていた。

あれは、天性だろうか。いや、違う。彼女は磨《みが》き続けてきたのだ。パーニィが安アパートを去ってから、自らを磨き、そして這《は》い上がってきたのだ。

自分は、どうだろう。

そう思ったとき、ふっ、と腰から力が抜けた。

「……パーニィさま！」

ザッキーが彼女の体を支える。パーニィの様子を見たザッキーが周囲に言う。

「すまない、調子が悪いようだ。退出させてもらう！」

パーニィが、ザッキーに支えられて楽屋《がくや》に戻る。ザッキー以外の人目がなくなった楽屋で、パーニィの頬《ほお》に涙がこぼれた。

「……メルは、来ないの？」

しばらくたって、落ち着いたパーニィが聞いた。

「先ほど訪ねてきましたが、追い返しました」

「ありがと」

パーニィは化粧を落とし、涙をぬぐう。

「彼女が邪魔ですか？」

その口ぶりから、ザッキーの考えを読み取った。パーニィは、ザッキーを睨《にら》みつけて言う。

「ザッキー。彼女を殺したら、あたしは真人をやめる」

「……パーニィさま」

「そのつもりでいて」

パーニィは気がついた。自分が特別なのは演技が良いからではない。自分が幸福だから、自分は特別なのだ。

幸福を失えば、それで終わる。真人でなくなった自分は、何でもない。

それから、彼女の演技は崩《くず》れ始めた。演技への自信が崩れ落ちるとともに、表れてきたのは見捨てられる恐怖だった。


「どうして休んだのですか？」

メルとの再会からしばし後、擬人のオルトが、パーニィの邸宅《ていたく》を訪ねていた。パーニィは予定されていた仕事を、土壇場《どたんば》でキャンセルしたのだ。

「いいじゃない、休みたいのよ」

パーニィは酒を飲みながら言った。

「それはなりません。あなたには出演していただきます」

「やめてよ。疲れたのよ」

オルトが怒りの声を上げる。

「演ずるのがあなたの幸福でしょう？　それでは凡人《ぼんじん》ではありませんか」

「……………」

「真人ならば、幸福をまっとうなさい」

パーニィは、ためらいながら答える。

「そうね、そうだったわ」

なおも、彼女は演じ続ける。教団に入ったときから、ずっと変わらない絶賛の声。だがそれもパーニィの心を浮き立たせなくなっていた。訪ねてきた楽園管理者に、パーニィは言った。

「ねえ、そろそろ、天国へいきたいのだけれど。もう十分でしょう?」

「いいえ、なりません。まだ幸福の量が足りない」

「まだ続けるの?」

「まさか、あなたはもう幸福ではないのですか?」

パーニィは、とっさに笑顔を作って見せた。

「そんなことがあると思う? あたしは真人よ」

しかし、それは演技であった。パーニィはカメラが止まったあとも、演じ続けることになった。自らが幸せであるという演技を。


ザッキーだけは、彼女の真意に気がついていた。

「ねえ、あたしは天国へいけるの?」

パーニィは、たびたび彼に尋《たず》ねた。ザッキーは首を横に振る。

「わかりません。ラスコールに聞いてみなければ」

「でも、ラスコールは来ないじゃない。どうすれば会えるのよ」

ザッキーにも、答えはない。彼にとっても、ラスコールは手の届かない存在だ。

「たしか、言っていたわね。ラスコールの噂《うわさ》をすればラスコールが現れると」

パーニィは命じた。

「ラスコールを、探して」


「あなたか。ラスコール＝オセロの噂を撒《ま》いているのは」

楽園管理者と、擬人の幹部たちがパーニィを叱責《しっせき》する。

「ラスコールに会いたいとはどういうことですか。あなたは真人でしょう。己《おのれ》の使命を忘れましたか」

「うるさいわね」

その頃から、彼女は酒に浸《ひた》るようになっていた。酒よりも楽しいものをザッキーに望むと、言うとおりに持ってきた。

「まさか、武装司書に嗅ぎつかれてはいないでしょうな」

「ハイザとかいうのが来たけど？」

「……まさか、ラスコールのことを話しはしなかっただろうな」

「さあ、忘れた」

パーニィはきゃらきゃらと笑った。自虐《じぎゃく》的な笑い方だった。

「いかがなさいますか、楽園管理者」

「問題ない。私が処置しておこう」

「ふむ……楽園管理者がそうおっしゃるのなら」

パーニィが、落ち着き払った楽園管理者に言う。

「ねえ、ラスコールに会わせてよ。真人のあたしが、ラスコールに会いたいって言ってるのよ。あんたら擬人でしょう？　会わせなさいよ」

「それは許されません」

「なによ、それ」

「もしもみだりにラスコールに会わせれば、天国の所在が知られてしまう。故《ゆえ》に、たとえ神溺教団の一員でもラスコールのことを知らせてはならないのです」

「なによ天国天国って！　あたしは真人よ。従いなさいよ！」

楽園管理者と幹部たちは、冷たい目で見つめてくる。パーニィの顔から、酔いが引いた。

「しくじりましたな、楽園管理者」

「……そうだね」

「もっと早く摘《つ》み取っておけばよかった。幸せの絶頂にいた頃に」

「何を言っているの」

パーニィはおののく。

「幸福を見失った真人に、用はもうないね。殺してもかまわないでしょう」

「しかし、もしかしたらまだ幸福を搾《しぼ》り取れるかもしれない。もう少し待とう。望みは薄そうだがね」

「どういうこと、どういうことよ！」

楽園管理者たちが去ったあと、パーニィとザッキーだけが残された。

「ザッキー。あたし、殺されるの？」

返事はない。

「真人ってなんなの？　神溺教団ってなんなの？」

返答はなかった。

「ザッキー。お願い。ラスコールを探して。あたしには、もうそれしかない」

聞き入れてはくれないだろう。ザッキーもまた神溺教団の信徒。すでにいらない駒になったパーニィの命令など聞いてくれるはずもない。

「私に、反逆しろと？」

だが、ザッキーの返事は違った。

「パーニィさま。私は、ずっとあなたを見てきました」

ザッキーの言葉には、口惜《くや》しさと怒りがこもっている。

「はっきりと言います。今のあなたは最低だ。それでも、かつてのあなたは天国にいくにふさわしいと思った。あの日のあなたに、私は忠誠を誓った。その忠誠は揺らいではいません」

初めて出会った日と同じように、ザッキーは、パーニィの足に口づけた。

出演の予定は全てキャンセルし、ひたすらにザッキーからの連絡を待つ。誰とも会わなかった。連絡は来ない。誰も、訪ねてくるものはいない。退屈の中、手遊びに、パーニィはメモを残した。

自分が死んだら、これが遺書になるかもね。そう思ってパーニィは笑った。

ある夜、ふと目を覚ます。枕元に、一枚の手紙を見つけた。港の倉庫にザッキーがいる、と書かれていた。

ザッキー以外の誰も、信用できない。パーニィは一人で倉庫に向かった。そこには人影はなく、一冊の『本』が置いてあった。

それだけで、全てが理解できた。この本の主《あるじ》は誰か。

指を伸ばす。パーニィは忠実だったザッキーの『本』に触れた。


パーニィから密命を受けたザッキーは、教団の目をかいくぐりながら、ラスコール＝オセロを探っていた。パーニィは彼が戦うところを初めて見た。

ザッキーは優秀な戦士だった。凶器は自らの体のみ。闇の中に潜《ひそ》み、飛びかかって一瞬で首の骨を折る、山猫のような戦闘スタイルだった。

ザッキーはラスコール＝オセロの手がかりを求め、擬人の幹部の屋敷に潜入していた。ザッキーを見つけた擬人の幹部は、呼びかけた。

「ザッキーよ。良い話がある」

ザッキーは戦いをやめ、幹部の話を聞いた。

「ラスコール＝オセロを追っているそうだな。実は俺もラスコールに会いたいと思っている。俺は下働きなんかもうまっぴらだ。だから、楽園管理者とラスコールを殺し、天国を奪う計画を立てた」

パーニィの目的は、ラスコール＝オセロに懇願《たんがん》することだが、彼はパーニィよりももっと大《だい》胆《たん》なことを考えていた。

「できるのか？」

「楽園管理者、あいつ自身に戦闘力はないはずだ。あいつを殺し、俺が教団を支配する。そのついでにお前とパーニィも天国へ連れていってやるよ」

ザッキーは、その幹部の下で襲撃《しゅうげき》計画に参加した。

そして楽園監視者の滞在するホテルに襲撃をかけようとしたとき、ザッキーは離脱した。

「どうした、ザッキー」

襲撃者たちが問う。

「悪いが、お前たちに加担《かたん》するつもりはない」

そう言って、身を闇の中に潜めたとき、同じ闇の中から一人の男が現れた。目も口もない、平たい仮面をかぶった男。彼は一本の鉄棒を握っていた。

「誰だ？」

幹部が問う。返答は、殺戮《さつりく》をもって行われた。

その鉄棒の動きは、ザッキーの目にすら見えなかった。刃のない、丸い棒がかまいたちのように男たちの体を切り裂いていた。どういった魔法権利なのか、見当もつかない。

「……………な」

それよりも、その強さだ。潜むザッキーは思わず声を漏《も》らしていた。些細な能力の違いなど無に帰す圧倒的な体術。教団に、あれほどの戦士がいたのか。あれならば、バントーラ図書館館長代行クラスだ。

瞬《また》く間に、幹部たちは消された。

楽園管理者に、襲撃計画を密告したのはザッキーだった。パーニィの命令はラスコールに会わせること。そもそも目的が違うのだ。

ザッキーの見ている前で、顔のない男は言った。

「そろそろ出てきたらどうだ。ラスコール」

ラスコール＝オセロが現れた。石剣を地面に突き立て、擬人たちの『本』を回収していく。

幸運だ、とザッキーは思った。襲撃計画を密告し、その功績《こうせき》と引き換えにラスコールに会わせてもらうつもりだった。だが期せずして、ラスコールの姿を拝《おが》むことができた。潜んでいたザッキーは、ラスコールの前に姿を現した。

「おや、どなたでございましょうか」

「この計画を阻《はば》んだ、密告者です。今回の功績に免《めん》じ、願いたいことがございます」

ザッキーは平伏《ひれふ》した。

「今回の功績が引き合わないことはわかっています。ですが、パーニィさまの『本』を天国へお運びください」

しかし、ラスコールの返答は無慈悲《むじひ》だった。柔らかく冷たい笑顔で、ラスコールは言った。

「それは無理な相談でございます。幸福を失った人を、天国へいかせることはなりません」

「わかっています。それを押してお慈悲を」

そう言って、ラスコールに詰め寄ろうとした瞬間。後ろに顔のない男が立っていた。

「ラスコール＝オセロを追うものは、殺す」

風切り音とともに、ザッキーは自らの体が二つに分けられたのを感じた。


「………ザッキー」

『本』を読み終えたパーニィは、土の上にへたり込む。

そこに、ラスコール＝オセロが現れた。地面の中から生《は》えるようにパーニィの前に立つ。

「彼は、最後にあなたのもとに行きたいと願ってございました。神溺教団の裏切りものといえど、その気持ちは真実でございます」

そう言ってパーニィから、ザッキーの『本』を取り上げる。

「『本』を見せたのは、最後の慈悲だ」

さらに、物陰《ものかげ》から顔のない男が現れた。

「ラスコール＝オセロを追うものは死ぬ。それに例外はない」

顔のない男が、地に落ちていた木の棒を持ち上げた。パーニィは自らの運命を悟った。

「ねえ、なんなの真人って」

パーニィは言った。

「天国の、神のためだって言ってたのに、要《い》らなくなったらゴミなの？」

ラスコールが、しばし考えて答える。

「真人とは何か。例《たと》えて言うならば、道化《どうけ》でございましょう。神を喜ばせるための道化でございます。踊れなくなった道化は、不要でございましょう？」

パーニィは目の前が暗くなるのを感じる。

「いいや、違うな、ラスコール」

顔のない男が口を挟《はさ》む。

「真人とは、家畜だ。神のために、幸福を生む家畜だ」

「………じゃあ」

顔のない男が、木の棒を振り上げた。

「じゃあ、神って何？」

パーニィの首が、刎《は》ね飛んで転がった。


「もし、と思う」

『本』を読み終えたアルメに、オルトが言う。

「もし、彼女が真人にならず、素直に、演技を続けていればと。頂点には立てない。光り輝きはしない。それでも、人の心に響く演技ができたのではないかと」

オルトは、静かに涙を流した。

「彼女の魂《たましい》を摘み取ってしまったのは我々だ。我々は愚《おろ》かだった」

アルメにかけられる声はなかった。自らの失敗で真人を死なせたのは、自分も同じこと。だからこそ、かけられる言葉はない。

「君は、ラスコール＝オセロを探しているそうだな」

「………ああ」

結局、ラスコール＝オセロの正体についてはわからなかった。ザッキーが正体に至《いた》ろうとしたが、答えは出なかった。たしかにこれが武装司書の手に渡れば、大事《おおごと》だろうが、アルメの役には立たない。

もしかしたらミレポックのほうが、ラスコールの正体には近づいているのかもしれない。

だが、それは別にいい。目的は知ることじゃない。ラスコールを殺すことだ。

「これでわかっただろう。あきらめなさい。教団の真実には、触れることができんのだ」

「いいや、一つわかったことがある。ラスコール＝オセロに会う手段だ」

「何？」

「神溺教団の信徒が死んだとき、ラスコールは『本』を回収に現れる」

アルメは剣を振り上げた。オルトの首は、驚くほど簡単に飛んだ。

死体を見下ろしながら、アルメは思う。ずいぶんと、回り道をした。これだけでよかったのだ。ここで待っていれば、ラスコール＝オセロがやってくる。

さあ、来い、ラスコール＝オセロ。

その正体は、わからない。勝てるかどうかもわからない。だが、せめて一矢《いっし》を報《むく》いてやる。


人の姿も少ないカフェの中で、ミレポックは一人座っている。マットアラストからの連絡をあてどなく待っていた。

正解を探しながら戦っている。アルメのその言葉が、いやに深く耳に残っている。迷いは深く、出口は遠い。この迷いが晴れない限りは、戦力外の烙印《らくいん》は消えないだろう。

コーヒーを飲み終えたら、別の場所に行こうとミレポックは思った。だが場所を変えてもやることは悩むだけなのだが。

その時、ミレポックに一人の少年が話しかけてきた。

「あの、武装司書の人ですか？」

ミレポックは気がついた。その少年の出立《いでた》ちが、カロンから聞いた特徴に、合致《がっち》する。

「僕を、探していると」

ミレポックは頷いた。座るように、少年にうながす。向かいに、少年はもじもじと座る。歳《とし》の頃は十三か十四。細く未熟な体の、美少年だった。

「確認するけれど、あなたはカロンにラスコール＝オセロのことを聞きに来た人ね」

「……はい」

「聞きたいことがあるの。話してくれるかしら」

ミレポックに害意はないと理解したのか、少年はほっと息を吐いた。少年を見つけたことをマットアラストに伝える。それから少年の話を聞く。

「僕の名前は、ルリィ＝ストライトといいます。学生です」

「どうして、ラスコール＝オセロのことを？」

ルリィは言いにくそうに目をそらす。彼のほうこそ、どうして武装司書が自分を追いかけてくるのか知りたいのだろう。

「その……興味があって」

あからさまに嘘《うそ》をつく。

「正直に話して欲しいわ」

「あの……」

「話しにくそうね」

「……」

「申し訳ないけれど、話したくないで済ませられる話じゃないの」

ミレポックはそう言って、口を開くのをじっと待つ。

少年のミルクコーヒーから湯気が消えるころ、彼は口を開いた。

「僕には、父さんがいました。名前は、シャール＝ストライトといいます。父さんは、自分のことをラスコール＝オセロだといっていたんです」

ミレポックは話の腰を折らないよう、黙って彼の話を聞く。

「父のことはよく知らないのです。旅の商人ということでしたが、時折巨額の金を持ってきました。考えてみればそのころから怪《あや》しかった。その頃、父はよく古文書を集めていました。父の趣味だったようです。その時、ラスコール＝オセロの伝説を聞きました」

「ラスコールについて、父さんはなんて言っていた？」

「父さんのしていることに似ているねと、言っていました」

ミレポックはなおも話を聞く。

「僕が大きくなると、父は僕の前から消えました。ときどき、一人では使い切れないほどの金が届くほかは連絡も何もありませんでした。

僕は父を探しました。いろんな街を訪ね歩いたり、新聞に広告を出したり、そういうことをしました。でも、ある日、父さんは僕の前に現れたんです。ものすごく、怖い人たちをたくさん引き連れて。父さんは、自分のことを忘れろと言いました。僕は、もう探さないと約束しました。殺されると思ったんです」

ルリィは、震えながら言葉をつむぐ。

「その時、父さんは、手下の人たちに、ラスコール＝オセロと呼ばれていたのです」

「……」

「最後に、父さんに聞きました。どうしてラスコールと名乗っているのか。父さんは答えました。便利だからだ、と言いました」

「……」

「探さないと約束したけれど……どうしても知りたかったのです。父さんのことを」

少年は話を終えた。

ミレポックは腹の底から、笑いがこみ上げてくるのを感じた。今までラスコールを恐れていた自分がおかしかった。

「どうしたんですか？」

「いいえ、自分のことよ。なんだ、そういうことだったの」

まるで道化だとミレポックは思った。一人、踊らされていたのだ。

敵の術中にはまっている。マットアラストが言っていた意味がわかった。ラスコール＝オセロは、いや、シャール＝ストライトは、自らを伝説になぞらえていた。

伝説を隠れ蓑《みの》にしていた、自らの正体を隠すために。ミレポックはその目くらましに、まんまとだまされていたのだ。

わかってしまえば、何のことはない。ラスコール＝オセロとは、ただの男だ。

その頃、アルメはラスコール＝オセロを待っていた。

ラスコールを殺して、何になるだろう。シガルはもう死んだ。死んだものは、決して帰らない。ひどくむなしい。敵討《かたきう》ちというものを初めて行うが、敵討ちの前には誰もがこんな気分になるのだろうか。

なぜ、自分は戦い続ける。シガルのためか。しかし、もうシガルはどこにもいない。

「やめろ！」

アルメは自分を怒鳴りつけた。

そんなことを考えてどうする。ここで後悔するのなら、自分はただの愚か者だ。


その時、地面が、滴《しずく》を垂《た》らした水面のように盛り上がった。それが人の形になる。

ウインケニーとも少し似ているが、全く別の能力だ。この男は、何もないところから現れた。正体は言わずと知れている。パーニィの『本』の中で見た姿のままに、ラスコール＝オセロが現れた。

「おや、あなたさまでございますか」

ラスコールが言った。アルメは、剣を抜く。

「さて、私はオルトさまの『本』を回収に来たのでございます。あなたさまと戦う意思はございません。もとより、私は戦うようにはできていないのでございます」

アルメは、足に力を入れる。一足でラスコールの脳天を割り砕《くだ》けるように。

「『本』が欲しいなら、やれよ。その間に、あんたの頭を砕く」

「ふむ……」

ラスコールはしばし考える。

「少し手間《てま》取りそうな作業でございます。先に、簡単な仕事を片付けたほうが、よさそうでございます」

「作業だと？」

アルメが問いかける間もなく、ラスコールは消えた。アルメは剣を構えたまま取り残される。

ラスコールは作業と言った。アルメなど、戦いにもならないというのか。

ギリ、と歯を食いしばり、再度ラスコールが現れるのをアルメは待つ。

マットアラストに、ルリィの話を伝えた。マットアラストはミレポックに、彼を保護するように言った。

ルリィが、話しかけてくる。

「父と戦うつもりなのですか？」

察しのいい少年だ。ミレポックは答える。

「あなたの父さんが、善良な人ならば戦わずにすむ」

残酷《ざんこく》な返答だった。きっと少年には、わかっている。彼の父親がどんな存在か。

彼を保安局に預けるために、二人は街を歩いている。その時、ルリィがミレポックとは逆の方向に走り出した。

「どうしたの！」

ミレポックが追いながら聞く。

「あそこの陰に、父さんが！」

表通りから建物の裏へと入っていく一人の男。駆け寄ろうとするルリィを、摑んで止めた。

「待ちなさい……あの男は」

ミレポックは、剣に手を伸ばしながら、男を見る。笑っているような、全てを見透かすような、それでいて何も考えていないような奇妙な表情だった。

「……大丈夫だよ。だってあの人は、僕の父さんだから」

そう言って、ルリィが近づいていく。危険だと、ミレポックは思う。

「父さん、僕だよ。約束、破ってごめん」

ラスコールとミレポックが、前後からルリィを見つめる。ルリィを守るべきだ。そして、ラスコールを捕らえなくてはいけない。同時にやるとしたら、どうすればいい。

ミレポックは迷う。

正解はどこにある。取るべき行動はなんだ。

「本当に、ごめん。でも、しょうがないんだ」

ラスコールが、笑う。

「息子よ」

ルリィが近づいたその時、ラスコールが短剣を抜いた。

「危ない！」

ミレポックが突撃し、ルリィを突き飛ばす。ほぼ同時に、右手の剣をラスコールに繰り出す。必殺のタイミングのはずだった。しかし、剣の先に触れるものはない。

避《よ》けられたのか。違う。ミレポックの視界には誰もいない。

「まったく、ぬるいものでございます」

声は、別の場所から聞こえた。ミレポックの右。ルリィを突き飛ばした先。

ミレポックに突き飛ばされたルリィは、地面に転がっている。ラスコールは仰向《あおむ》けに倒れた彼の横にいる。

石の刃《やいば》が、ルリィの胸に突き刺さっていた。

「どちらか一方になさるのが良うございます。私を殺すか、ルリィを助けるか」

反射的に、銃を抜いて撃つ。しかし、銃弾はラスコールの体をすり抜けるように後ろの壁に当たった。また消えた。

「助言をするのは無駄でございましょうが、この先はお気をつけなさいませ」

後ろから聞こえた声に、ミレポックが振り向く。だがその先にも誰もいない。

「なぜ殺した！」

ミレポックは叫んだ。離れた場所に、ラスコールが姿を現す。

「まず、簡単なところから仕留《しと》めるのが基本でございましょう？　まずはルリィ。その次にアルメ。そしてあなたとマットアラスト。それが順番でございます」

そんなことを誰が聞いた!?　自分を探しに来た、たった一人の我が子をなぜ殺した。

「人の心はないの？」

ラスコールは笑い、地面の中に沈んでいく。

「この世が一つの物語なら、私はその読者に近い存在でございます。私はただ、眺めるだけでございます」

「ふざけるな！」

ミレポックの銃弾もむなしく、ラスコールが消えうせる。ミレポックの前に残されたのは、倒れたルリィのみ。胸に差し込まれた石の刃も、いつの間にか消えうせていた。

「……そ、う、約束、破ったから」

ルリィが呟いた。ミレポックは胸を押さえ、応急処置をしようとする。無駄とわかっていながらも。

その手を、ルリィが力なく摑んだ。

「父さん、を」

「しゃべらないで！」

「止めて」

ルリィの言葉は、途中で切れた。ミレポックの手をか弱く握ったまま、胸の中が破裂するように咳《せ》き込んだ。

彼が息絶えてもなお、ルリィはミレポックの手を放さなかった。

第五章 弱者たちの決戦

暗い霊安室で、ミレポックはルリィの青い顔を見つめていた。

「まだ、ここにいたのか」

「……」

「あまり、独《ひと》りになるな。君から聞く話では、ラスコール＝オセロはどこからでも現れるようじゃないか」

ミレポックは答えない。ルリィの冷たい手を、そっと握った。

自分は今まで、何をしてきたのだろう。意気《いき》揚々《ようよう》とバントーラを出て、マットアラストの力も借りながら、何もしてこなかった。

「バントーラから代行を呼ぼう。遅きに失した感があるが……しょうがない。ラスコール＝オセロがこれほどの相手だとは思わなかった」

「私は……」

「君は、バントーラに戻れ。ラスコール＝オセロに襲撃《しゅうげき》される危険はあるが、バントーラのほうがまだ安全だろう」

また、とんぼ返りか。何の役にも立たずに。

「マットアラストさん、私はなんですか」

「……………」

「私はただの、ちょっと便利な電信機ですか」

「ミレポック。君は十分に役に立っている。君を失うわけにはいかないんだ」

違う、そういうことを聞いているんじゃない。

ミレポックは自《みずか》らの手を見る。なぜ、突き飛ばした。これではミレポックが殺したようなものじゃないか。

いつかは人を殺すときが来る。武装司書になったとき、そう覚悟を決めていた。だが、初めて人を殺したのがこれか。

ルリィの手の感触は、まだ手の中に残っている。

「アルメ。あんたの言ってることは正しかった。私が馬鹿《ばか》だった」

武装司書になったのは一年半前。見習いになったのが、それからさらに一年半前。

それ以前のミレポックは、グインベクス帝国の士官候補生だった。忘れもしない、グインベクス帝国軍と武装司書の決戦の日。年若いミレポックは従軍を許されず、士官学校で勉強を続けていた。

現代管理者の意思ではない、人間による新たな世界秩序。その旗印《はたじるし》を掲げて、グインベクス帝国は世界全土に戦いを挑《いど》んだ。

その結果は、知ってのとおり。ハミュッツ、マットアラスト、イレイア、ボンボ、ユキゾナ、モッカニア。国力の全《すべ》てと近代科学の粋《すい》を注ぎ込んだ軍隊は、たった六人の武装司書に壊滅させられた。


自軍の壊滅の知らせを受けて、士官学校は無法地帯のようになっていた。

敗戦を悟った高級将校たちは、戦犯扱《あつか》いをまぬがれるために休職して国外に逃げていた。その他の教員たちはうろたえるばかりで、指揮系統を失った生徒は、士官候補生からただの子供に成り下がっていた。

ハミュッツ＝メセタとマットアラスト＝バロリーが向かってくる。戦おうとするもの。降伏《こうふく》しようとするもの。学内は混乱に沸きかえっていた。

ミレポックはその中で、一人、指導教官のもとへ向かっていた。

「私たちには、どうすることもできないよ」

気弱に呟《つぶや》く指導教官に、ミレポックは言った。講堂に行くように、と。

「いったい、どうするつもりなんだ？」

ミレポックは、覚えたての思考共有能力で、校舎に残る全員に呼びかけた。

（全員、講堂に集合！）

命令を下してくれるものを失った士官候補生たちは、ミレポックの指示に従った。

「どうするつもりなんだ、ミレポック君」

講堂に集まった生徒と教官を前に、ミレポックは静かに言った。

「それでは、予定どおり、近代陸戦兵器とその運用方法に関する後期指導を始めます。手元の教科書、五十三ページを開きなさい」

そう言って、教壇を降りた。教官に講義を始めるように促《うなが》す。

軍隊が壊滅し、敵が迫り来る中で、いつもどおりの講義が始まった。

あるいは敗北以上の異常事態。その中でミレポックは、平然と講義を受けていた。戸惑《とまど》う教官と生徒たちの中、ミレポックは綺麗《きれい》な字でノートを取っていた。


講義の途中で、ドアが開いた。武装司書マットアラスト＝バロリーがただ一人、そこに立っていた。彼はパイプの煙を揺らしながらミレポックたちを見つめ、そして口を開いた。

「どういう状況か、説明してくれるかな」

ミレポックが立ち上がった。

「近代兵器の発展と、それにともなう陸戦戦術の変化について講義を行っています」

「誰がやらせてるんだい？」

「誰でもありません。強《し》いて言えば講義のカリキュラムを作った人です」

「なるほど」

マットアラストの目線が、講堂全体からミレポック一人に集中した。

「失礼ですが、講義の途中ですので、退出願えますか？」

「……部外者の受講は、可能かな」

「陸軍本部の事務局で、受講の手続きを取ってください。それと」

ミレポックは手を伸ばし、パイプを奪い取った。予知能力者のはずのマットアラストが、無抵抗でパイプを奪われた。

「禁煙です」

火のついた葉を床に落とし、ブーツの底で踏みつけた。マットアラストは黒帽子を押さえ、肩を震わせて笑い出した。

ミレポックのもとに、武装司書への出向命令が来たのは、戦争の後始末が終わった頃だった。ハミュッツ＝メセタの意向だと、教官は言っていた。

所属が変わることに、心理的な抵抗はなかった。

ミレポックは信じていた。秩序。機能。合理性。それが人を率《ひき》いるものの条件だと。

彼女は幻滅していた。愚《おろ》かな戦争を始め、国民と自らを危機にさらしたグインベクス帝国軍に。彼女は武装司書に自らの新しい居場所を求めた。

「なあミレポ。どうして、あの時授業なんか受けてたんだ？」

しばらくたってマットアラストが聞いてきた。

「私は士官候補生でしたから、士官候補生としてあるべき行動を取っていました」

「戦おうとは思わなかったのか？　グインベクスの誇りに賭《か》けてせめて一矢《いっし》を、みたいな」

「そうは思いません。感情で動くのは、間違ったことだと思います」

あるべき行動を取る。それが正義だと思っていた。


だが、違った。

ミレポックは、今までの自分をあわただしく思い返しながら、そう思った。

正義を求めながら、正義をなそうとはしなかった。正義を行う組織に、所属しようとしていただけだった。

そうだ。所属していただけだった。所属し、その歯車になろうとしただけだった。自らの意思で、判断したことなど、今まで一度もなかった。

「……………」

目の前で死んだ少年の顔を、じっと見つめる。ノロティなら、身を挺《てい》してでもこの少年を守ったのではないか。アルメなら、ルリィを捨ててでも、ラスコールを殺そうとしていたのではないか。

どちらの気持ちも、自分にはなかった。

マットアラストが、ミレポックに言う。

「ミレポック。君は戻れ。あとのことは俺に任せろ」

アルメは待っている。オルトが死んだその場から、一歩も動かずに。

ラスコール＝オセロ。何をしている？　アルメの前を去ってから、一日近い時間がたっていた。

暮れていく日を見つめる。まさか、逃げたのではないだろう。そう思い、一瞬気が抜けたその刹那《せつな》、背筋《せすじ》に走った悪寒《おかん》。

「く、」

かわせたのは偶然だ。いつの間にか、ラスコール＝オセロが後ろに立っていた。

「今まで何をしていた！」

余裕を装いながらアルメが剣を構える。対するラスコールは、本当の余裕を見せながら、石剣を握る。

「一仕事終えてきたところですので、少し休憩《きゅうけい》を挟《はさ》んでございました」

そう言って、ラスコールはまた消えた。

アルメは、またしても待たされる。こっちが追う側ではないのか。なぜ自分が敵の攻撃を待っているのか。

さっきのような不意打ちを、もう食らうわけにはいかない。アルメは触覚糸《しょっかくし》を周囲に舞わせる。触覚糸に伝わる感触。アルメは前に跳んだ。

避《よ》けながら、背後にカウンターの一撃を入れようとする。しかしラスコールの姿は後ろにはなく、アルメの前方五メートルほどの場所にいた。

「武装司書も恐れる男のくせに、武器はナイフ一本か」

「そのとおりでございます。私など、戦えばハミュッツやマットアラストには到底《とうてい》及ばない」

消えた。と同時に、次の攻撃が来た。

「つまり、これは戦いではございません」

さらに、もう一度。

「つまらない、ただの作業でございます」


「これからどうするんですか？」

ミレポックが、マットアラストに尋《たず》ねる。

「君の話だと、どういうわけか赤錆《さび》の女とラスコール＝オセロは敵対しているらしい。動くのはその決着がついてからでいいだろう」

「ルリィ君は、ラスコール＝オセロを止めてくれと言いました。もう、罪を重ねさせないでくれと」

「そうか……………」

マットアラストはそっけなく答える。

「それだけですか」

「ああ」

ミレポックは、なおも言う。

「ラスコール＝オセロが伝説を隠れ蓑《みの》にしている。それは前からわかっていたんですか？」

「かなり前からだ。証拠がないから、言わなかった」

「……………」

「もう行きなさい。飛行機を待たせてある」

ミレポックは立ち上がった。


それから、数分後。ミレポックの頭上を、一機の飛行機が飛んでいく。マットアラストが用意した、ミレポックを乗せるための飛行機だった。

馬鹿なことをしているとミレポックは思う。だが、ここで退《ひ》いたら自分は終わる。

マットアラストに思考を繋《つな》ぐ。

（どうして、残っているんだ、ミレポック）

（ラスコールは私が倒します。そして、アルメも）

（何を考えている！）

「馬鹿なことを、考えています」

ミレポックはそう呟いて思考を切った。そして、準備を始める。おそらく、自分がラスコールを倒せる唯一《ゆいいつ》の手段の準備を。

その手段のためには、一つ、死線をくぐることになる。覚悟を固めながら、ミレポックは走る。

また、待ち続ける。なんと嫌な戦術だ。悠長《ゆうちょう》で、緩慢《かんまん》で、退屈な戦い。こんな戦い方があっていいのか。アルメは疲れていた。精神がすり減ってくる。

ラスコールが話しかけてきた。

「アルメ。もうシガルのことは忘れて、もう一度神溺《しんでき》教団のために尽くすつもりはありませんか」

「なんだと?」

「シガルは愚かな男でございました」

「……………貴様」

「そして、あなたを愛してもいなかった。もうシガルの思い出にすがりつくのはよしなさい」

「貴様にそれがわかるのか」

「当然でございます。私はシガルの『本』を読んでございます。あなたの戦いの果てに、得るものなどございません」

「それでも、あたしは戦う」

ラスコールは笑った。

「ならばそうなされるのが、よろしゅうございます」

アルメは剣で切りかかる。剣は当たり前のように空振《からぶ》りする。たたらを踏むアルメの後ろから、ラスコール＝オセロの攻撃。かろうじてそれを防ぐ。

　本当に、嫌な戦いだ。自分だけが焦《あせ》っていて、奴《やつ》はまるで平静。その上、互いにいまだ無傷とは。

「そこまで強いなら、なぜ今まで何もしてこなかった。ハミュッツやモッカニアには天敵に近い能力じゃないか」

　アルメが言う。

「私は人を殺すことはございません。そういう風《ふう》にできてございませんので」

「……何を言っている？」

　その瞬間、ラスコールは姿を消した。

「そろそろ、楽になさってはいかがでございましょう。勝てないことは理解してございましょう？」

　アルメは答えない。

　倒す方法は、あるのだ。

　しかし、アルメはためらう。それは、本当に、しても良いことなのか。

「何か、考えているようでございますね」

　ラスコールは、攻撃の手を止めて言った。

「恐ろしゅうございます。私は、退散しとうございます」

　また消えた。

　その時、オルトの家のドアを蹴《け》り破る音がした。アルメには、それが誰だかわかっている。

「見つけたわ」

ミレポック＝ファインデルが、細剣をアルメに向けた。ラスコールの消えたほうか、ミレポックがいるほうか、どちらに剣を向けるかアルメは一瞬悩む。

アルメの迷いを見て取ったミレポックの切っ先が揺れる。突殺《とつさつ》が来る間際《まぎわ》に、アルメは剣をミレポックに向けた。ラスコールは来るだろうか。今、後ろから攻撃されたら対応できるかどうかわからない。

「よくぞ、だましてくれたものね。なかなかよくできた嘘《うそ》だったわ」

ミレポックが言った。

「……何のことだ？」

アルメは問いかえす。本当に意味がわからなかった。だました覚えはない。

「この期《ご》に及んで、姑息《こそく》ね。ラスコール＝オセロの化けの皮はとうの昔にはがれたわ」

どういうことだ。そう聞き返そうとした刹那。

ミレポックが飛ぶ。細剣の先は、一直線に、アルメの鳩尾《みぞおち》を狙《ねら》ってきた。ぎりぎりのところで、剣先をはじく。剣はアルメの太股《ふともも》を掠《かす》めて横にそれた。

「待て、今はまずい！」

アルメは後ろに下がりながら叫んだ。

「ならばこちらには好都合！」

ミレポックは逃げるアルメを追う。地を這《は》うように突進し、急所を狙って突き上げる。

防ぎながら、アルメは思う。まずい。この女、本気だ。

ラスコール＝オセロは姿を現さない。好機と見ているのだろう。最も隙《すき》のできる、敵に止《とど》めを刺す瞬間を狙っている。アルメと、ミレポック。どちらが勝っても、その結末は同じことだろう。

それにしても、ミレポックの剣撃が速い。この女に、いったい何が起きた。アルメは死力を尽くしてミレポックの攻撃を防ぎ続ける。

姿は見えず、気配もない。しかし、ラスコールの視線を感じている。アルメは手でミレポックを制し、叫ぶ。

「あたしより先にラスコールを倒せ！　近くにいるんだ！」

「命乞《ご》いとは無様《ぶざま》ね！」

ラスコールが見ている。アルメはそれを承知《しょうち》の上で言った。

「あたしはラスコールと戦っているんだ！」

「誰が信じると？　そんな話を」

「本当なんだ。信じてくれ」

「馬鹿を言わないで。自分の格好《かっこう》を見てみなさい」

剣先でアルメを指し示す。

「あなた、無傷よ。戦ってきた人間の格好じゃないわ」

アルメが舌《した》打ちをする。窓を破り、外に逃げる。ミレポックの左手が銃を抜く。逃げるアルメを銃弾が追う。

すんでのところで銃弾を避け、地面に転がる。

やるしかない。ここまで来たら。アルメは覚悟を固める。構えを取る。極端な前傾姿勢で、剣は肩に担《かつ》ぐような構え。突進と撲殺《ぼくさつ》に特化した、攻めの構えだ。

「ようやく、本気になったわね」

ミレポックもまた、構えを取る。背筋を伸ばし、右手の剣の先を相手の心臓にまっすぐ向ける。左手の指が剣の刀身にそっと添えられる。

両者、突撃の構え。ぶつかり合う瞬間が勝負となる。

ラスコールは何もしてこない。その狙いは、アルメには読めている。

「……………」

ラスコールの狙いは、決着の瞬間。どちらが勝とうとも、勝った側を殺す手はずだ。

ギリ、とアルメが歯を食いしばる。

ラスコールは、来るだろうか。そして、ミレポックは。

先にミレポックが動いた。ほんの一瞬遅れて、アルメが地を蹴る。

上から突き下ろしてくるミレポックの剣。ようやく目が慣れてきたその速度。

直線を描くミレポックの軌道《きどう》に対し、アルメの剣は弧《こ》を描く。わずかに、ほんのわずかに、ミレポックのほうが速い。

だが、アルメは。

片手を、犠牲《ぎせい》にした。アルメは左手の甲《こう》で突きを受けた。アルメの心臓から、わずか三センチのところで剣は止まる。そして、右手の剣を振り上げる。

かわそうとするミレポック。だが、遅い。

赤錆の剣が、ミレポックの首筋を刎《は》ね飛ばす直前。アルメは後ろにラスコールの気配を感じていた。


二発の銃声が響いた。アルメの後方、石の短剣を振り上げたラスコールの動きが止まった。

ミレポックは、よろけるラスコールの姿を見た。

ミレポックが左手で銃を抜いている。アルメの体に手首をのせ、肩越しにラスコールを狙ったのだ。その体が消えようとする刹那、ミレポックはもう二発撃《き》ち込んだ。

首を刎ね飛ばすはずの、アルメの剣。それは、首の皮一枚を斬ったところで止まっていた。

「……なぜ」

ラスコールが、ふらついた。

ミレポックは、アルメの左手に刺さった剣を抜く。そして自らの魔法権利を発動させる。

(私の能力を忘れた?)

ラスコールの顔が、驚愕《きょうがく》の表情を浮かべる。

(顔と名前がわかれば思考を繋げる、思考共有能力を)

抜いた細剣を、ミレポックは投げつけた。ラスコールの胸の真ん中を貫く。

(すでに、約束はできていたのよ。私とアルメの間でね。貴様を殺す機会はここしかないと)

「いつから、でございましょうか」

ラスコールが言った。その言葉に答えたのは、アルメだった。

「貴様が自分の息子を殺したとき。偉《えら》そうに、あたしの名前を言ったときからよ」

「なるほど、そうでございましたか」

ラスコールが、笑った。その手から、石造《づく》りの短剣が落ちた。

体が沈む。地面の底には消えていかない。地面に、仰向《あおむ》けに倒《たお》れこんだ。

ラスコールの体を残し、石剣だけが、地面の中にとぷりと沈んだ。

「お見事でございます」

そう言って、ラスコールは、自分の手で自分の瞼《まぶた》を下ろした。そしてほどなく息絶えた。


思考共有で話を持ちかけられたとき、アルメは驚いた。

戦っているふりをして、ラスコール＝オセロをおびき出す。そして止めを刺しにくる、その瞬間を狙う。

なんとも大胆《だいたん》な発想だ。アルメがあのとき剣を止めていなければ、ミレポックは死んでいた。

結果的に、ラスコールが罠《わな》にはまったが、もし、アルメとラスコールの間に密約ができていれば、罠にはまったのはミレポックなのだ。

つい先日殺しあった相手を信頼し、作戦を決行する。今まで見てきた、優柔不断なミレポッ

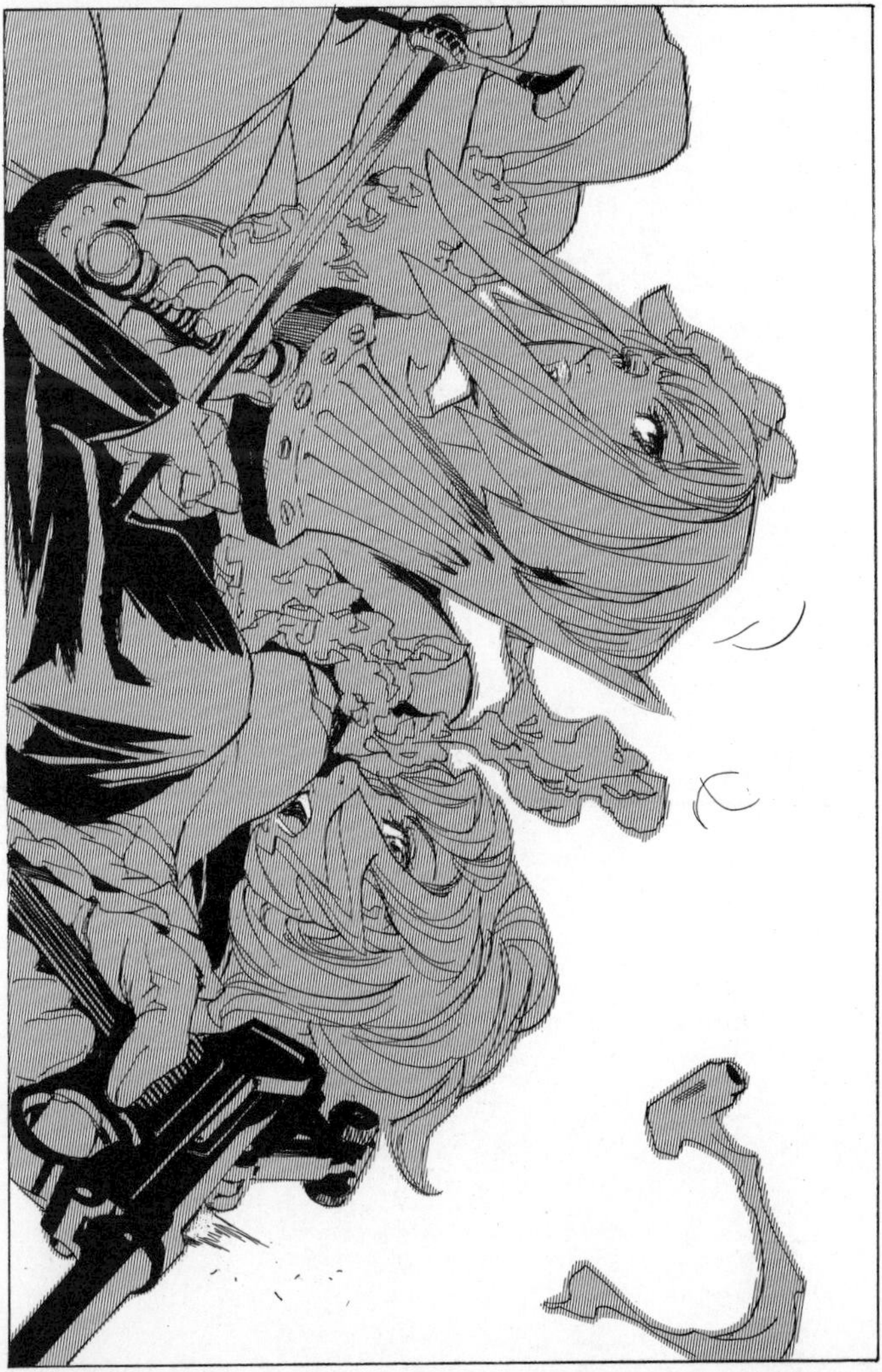

クにできる判断ではない。

「何が、あんたを変えた」

「さあ、知らないわ」

ミレポックはそっけなく答え、ラスコールに突き刺さった剣を回収する。そこにアルメが声をかける。

「終わってみれば、あっけなかったわね」

ミレポックが、ラスコールの体を探り、間違いなく死んでいることを確認する。

「今まで私は、ラスコールの化けの皮を怖がっていたのよ。でも、化けの皮をはいだ時点でわかった。ラスコールは弱いと」

「どうして?」

「強いものは、自分を強く見せたりはしないわ」

「なるほど」

アルメは、なおも尋ねる。

「どうだった? 人を殺す感触」

「後悔ばかりよ」

アルメは苦笑する。やはり、どこまで行ってもこの女とはわかり合えないようだ。

「よくあたしを信頼する気になったな。あのまま殺してもよかったのだが」

「それはないわ。あなたは強い。私をいつでも殺せるという言葉に嘘はなかった」

そう。確かに、そう言った。

「それに……」

ミレポックは、アルメの顔を見つめる。何かを言いかけてやめた。

「なに？」

「いや、なんでもないわ」

ミレポックはラスコールの死体を放置し、立ち上がる。そして、歩き出す。アルメもその横に並んだ。


歩きながらアルメは思う。ようやく、ラスコールを倒せた。

別段、何も感じない。もう少し嬉《うれ》しいものかと思っていたのだが。

シガルの敵《かたき》を討《う》った、とは思わなかった。ただ一人、敵を倒したというそれだけのこと。

ウインケニーが言っていた。シガルのことはもう忘れろと。だが、言われるまでもなく、シガルの存在はいつのまにか自分の中で、小さくなっていたのかもしれない。

ならばなぜ、自分は戦っているのだろう。

「あなたは、神溺教団と戦っていたのね」

「ああ」

ミレポックが聞いてきた。

「なぜ？」

「言う気はないな」

「エンリケさんのように、私たちに協力する気もないのね」

「当たり前だ」

そうだ。理由などない。ただ憎《にく》み、殺し続けていたかった。

それだけだ。

ある意味で、それはシガルと同じだ。他人を憎み、奪い続けることがシガルの幸福。アルメとシガルは、やはり同じ気持ちを共有していたのだろう。

戦い、殺し続ける。それでしか、幸福になれない。それが、自分なのだ。


歩きながら、ミレポックは思う。なぜ、彼女はラスコールと戦っていたのだろう。武装司書と敵対し、教団を裏切り、戦い続けた理由はなんなのだろう。

どんな理由があれば、たった一人で、勝ち目のない戦いができるのだろう。

自分に、できるだろうか。無理に決まっている。たとえどんな理由があろうと、一人で戦う勇気など持てない。

ミレポックは気がついた。

さっき言いかけてやめた言葉。なぜ、アルメを信頼できたのか。

自分はどこかで、彼女に惹《ひ》かれていたのだ。

一人では戦えないミレポックが、自分にない強さを持つアルメに。

ミレポックとアルメは、しばし二人で歩いていた。殺しあうにふさわしい、人気《ひとけ》のない場所を求めて。

そろそろ、始めましょうか。ミレポックはそう言おうとする。だがきっかけが摑めない。もう少し、話していようと思ってしまっている。

「ねえ、幸せってなんだと思う？」

ふと、アルメが聞いた。

「さあ？」

ミレポックは答える。考えたこともない。

「あんたは読んでないでしょうけどね、パーニィは幸せになりたかったのよ。銀幕に映る自分にだけ、パーニィの幸せがあった」

「…………」

「ガンバンゼルの爺《じじい》は、誰よりも強くなりたいと思って、でもそれがかなわなかった。誰かに自分の夢を託《たく》して、それでもだめだった」

「…………」

「そして、シガルさまもそうだった。自分以外の人が持つ、全ての幸福を奪うつもりだった。でも、それも、だめだった」

シガルにだけ敬称を使ったことに気がつく。アルメは、シガルに仕《つか》えていたのだろう。

「他の全てを捨てて、ひたすら追いかけても届かない。どこまで追いかければ届くと思う？」

ミレポックは、答える。

「届かないわ。武装司書がいるから」

「……………」

「私たちは、それを否定するために戦っているの。一人の幸せのために他の人を不幸にしていいはずがない」

「でもね、それでも幸せになりたかったのよ。みんなね」

「あんたも?」

「そうよ」

そろそろ、戦いが始まる予感を感じる。場は整いつつある。彼女と話すのも、もうわずかだろう。

「ねえ、アルメ。あなたの幸せはどこにあるの」

アルメは立ち止まり、考えた。長く、考え続けた。

「………わからないわ」

これが、最後だろうとミレポックは思う。戦おう。

「そろそろ、始めましょうか」

二人は同時に剣を抜いた。

戦いながら、ミレポックは思う。自分は、勝てないだろう。彼女の意思には勝てない。

ルリィの死と、ラスコールとの戦いで、多少は自分も変わっただろう。だが決定的なものではない。

アルメの、たった一人で戦い抜く意思を、打ち砕《くだ》くことはできないだろう。

何度目かの激突が終わったところで、ミレポックは語りかける。

「アルメ、よくわかったわ。私は、弱いのね」

アルメが止まる。

「結局のところ、どこまで行っても私は独りでは戦えない。ラスコールを倒すときですら、あなたという仲間が必要だった」

「………」

「認めるわ。あなたには勝てない。たった一人きりで、戦い抜こうとするあなたには」

アルメに切りかかる。


同時に、アルメもまた思っていた。自分は、ミレポックには勝てないと。

結局のところ自分は、同じところを回り続けるだけのもの。

誰かを見下し、誰かを憎み、誰かを殺し、何かを奪う。その瞬間だけ、自分を肯定できる。

ただそれだけのことだった。

戦えど戦えど、何も生み出すことはできない。ならばミレポックには決して勝てない。

二人はなおも激突する。剣は互いの服を裂き、皮を切り、肉をえぐって急所を掠める。四本の足は踊るように跳《は》ね回り、二人はぶつかり合っては離れ、またぶつかる。


アルメは思う。

目の前の相手は、あたしを強いと言った。

誰かに、肯定されるのはいつ以来だっただろう。本当に、久方ぶりに、誰かに自分を認めてもらった。

もう少し弱ければ、泣き伏していたかもしれない。

それができないほど、アルメは弱く、同時に強かった。

だから戦うしかない。自分を認めてくれた相手と。


互いの息が上がり、動きが鈍《にぶ》る。ミレポックは、悲しみをこめた目線で、アルメを見る。

「あなたを尊敬するわ。アルメ。あなたのことを忘れない」

ミレポックは剣を下ろす。悲しみを感じる。

「でも、ね。私が勝ってしまう」

一度は惹かれた相手を、倒してしまう悲しさ。一度は惹かれた強さを、打ち砕いてしまうむなしさ。

だが、これは避けられない勝利だ。始まった時点で、ミレポックの勝ちは決まっていた。

「なぜなら」

ミレポックは天を仰《あお》ぐ。

「あなたは独りなのよ」

ミレポックの背後で、銃声が響いた。

ミレポックに呼ばれ、今ようやく到着した、マットアラストの銃弾。それが正確無比《むひ》に、アルメの胸を打ち抜いていた。


「いつから」

アルメが問う。いつ、マットアラストを呼んだのだ。

「あなたと話していたときからよ」

マットアラストから、止めは来ない。二人をじっと見つめている。

「卑怯《ひきよう》とは……」

のどの奥から血がこみ上げる。その先は言葉にはならなかった。

卑怯とは、言わない。一人では戦えない。それがお前の強さだから。

アルメの体が地に落ちる。目に映るのは、ミレポックの悲しい目。

ああ。それでいいんだよ、お嬢ちゃん。

少しばかり、強くなったじゃないか。

振り向いて、ミレポックが語りかける。

「ごめんなさい、マットアラストさん」

「独断専行は不問《ふもん》に処《しょ》すよ。結果を出せば過程は問わない。それに……」

マットアラストが銃を下ろす。

「謝るのはな、俺のほうなんだよ」

「謝られることがありましたか？」

「……………」

マットアラストは答えない。

「戻ろう」


これが、死か。アルメは思う。ミレポックが去っていくのが、わかる。

もう、何も見えない。意識が闇にゆっくりと沈み、やがて消える。だが、悔《く》いはない。やるべきことはやったのだから。

悔いがあるとしたら、なぜシガルさまは自分を捨てたのか、それがわからなかったことか。

その時、闇の中で視界が開けた。

『本』を読んでいるのだ。なぜ、誰が読ませている？

読んだのはほんの一瞬。敬愛し、追い求めたシガルの『本』だった。

二人の別れの少し前。アルメが魔刀を取りに行く瞬間だった。

遠くから、爆発音の響いてくる街の一角。そこでアルメとシガルは別れの言葉を交わす。

「アルメは、幸福です。擬人《ぎじん》の分際《ぶんざい》で、こんなに幸福で良いのでしょうか」

そうアルメが言った瞬間、シガルは初めて知った。アルメが、とても幸福であることに。

「……幸福？」

虫唾《むしず》が走った。

その瞬間まで、シガルは確かにアルメを愛していた。自分の理解者のはずだった女を。

だがその愛が、ほんの一瞬で虫の内臓を食らうような嫌悪に変わった。

理由は、簡単なこと。なぜなら、アルメは幸福だからだ。

幸福なのは自分だけでいいからだ。自分以外に幸福なものなど、存在そのものが許せないからだ。

「なぜ、わからない」

自分の理解者が、なぜ一番大事なことを理解していない。

アルメが、幸福になってどうする。幸福になるべきなのは自分だというのに。

「なぜ！　わからない！」

シガルは立ち上がり、椅子《いす》を掴《つか》んで投げ飛ばす。

「ああ、なぜ！　誰も！　わからない！　僕は、求めているのに。自らの幸福など、顧《かえり》みない人を、求めているのに！」

シガルは呟き続ける。

「クズが……クズどもが……」

遠くから、爆発音の響く部屋の中で、シガルは一人呟き続けていた。


『本』が終わった。

そんなことか。そんな馬鹿な理由で捨てられたのか。あたしは。

ウインケニーや楽園管理者が正しかった。あたしは愚かで、哀《あわ》れな女だったということか。

だが、認めてたまるか。認めてたまるかよ。あたしはあたしの生きる道を生きた。だから、誰にも哀れませはしない。

「……」

わかっている。誰も認めてはくれないと。自分は愚かな女だったと、それだけだと。

生まれつき、嫌いなことが一つある。

誰かに、哀れまれることだ。

そして、もっと、嫌いなことが一つある。

自分で、自分を哀れむことだ。

泣いてたまるかよ。笑いながら死んでやる。あたしは絶対に、あたしを哀れみはしないんだから。

ミレポックとマットアラストが去った戦場。

横たわるアルメのそばに、一人の少女がいた。小さな小さな『本』の欠片《かけら》を、スカートのポケットにしまいこんだ。

歳《とし》の頃は十を過ぎていくらもない。青い目と、栗色《くりいろ》の綺麗な長い髪。さわやかに青いワンピースを着た、気品のある少女だった。

その手には、石造りの刃《やいば》が握られていた。

少女は言った。

「家族を捨て、友を捨て、愚かな男に何を得ることもなく尽くし続け、あげくの果てに尽くした相手に裏切られ、何を為すこともなく敗《やぶ》れ死ぬ」

少女はアルメの顔を見る。笑顔にはわずかに足りない、中途半端な顔だった。

「だがそれを幸福と高らかに歌うなら」

少女はアルメの顔に手を伸ばす。

「それは幸福なのでございましょう」

細い指が、アルメの顔を動かしていく。安らかに目を閉じさせ、頬《ほお》をゆがめて唇《くちびる》を動かす。

アルメの死に顔が、笑みに変わっていた。

「過ぎ去りし石剣ヨル」

少女が顔から手を放す。そして、剣を地面に突き立てる。剣の先に一冊の『本』が生まれた。

少女はそれを拾い上げると、懐《ふところ》にしまいこみ、少女の体は地面の中にとぷりと消えていった。

第六章　黒幕の潜む舞台裏

戦いが終わり、しばしたった。

ミレポックが報告書を作っている。ラスコール＝オセロを名乗っていた男を倒したこと。『本』を作るためのものだと思われる石剣は回収できなかったこと。これらの報告はハミュッツに伝えられる。

「やれやれ、苦労した。これで終わりだね」

「はい、お疲れ様でした」

ミレポックが言う。

「ラスコール＝オセロを追うものは死ぬ。その伝説も、これで終わりですね」

そう、終わった。これで終わったのだ。マットアラストは、そう思って煙を吐いた。久方ぶりに、旨《うま》い煙の味だった。

時はさかのぼる。ミレポックたちとラスコールの、決着がついた数分後。マットアラストのもとに、一人の少女が現れた。歳《とし》は、十を過ぎた頃。さわやかな青のワンピースを着た少女だった。

「勝負は、無事に終わりましてございます」

マットアラストは少しも動じず、パイプをくゆらしている。

「ミレポックは?」

「健在でございます」

少女はにっこりと笑った。

「怪《あや》しまれはしなかっただろうね」

「はい。それにしても、わざと負けるというのは、実に困難なものでございました。私には、そういった機能は備わっておりませんので」

マットアラストは、少女に向かって言った。

「それは大変に、ご苦労だったね。ラスコール=オセロ」

少女……ラスコール=オセロは笑う。戦いの中で、化けの皮をはいだとミレポックは言った。しかし、それは違う。ラスコールは、化けの皮をかぶったのだ。ラスコールの名を語る、一人の男という化けの皮を。

「ずいぶん、縮《ちぢ》んだね。ラスコール=オセロ」

「はい。あの姿は気に入ってございましたので、残念でございます。なれど、あなたさまのご意思とあれば、致《いた》し方のないことでございます」

ラスコールが一礼する。

「それでは、さらばでございます。いずれ、会うべきときまで」

このことを、ミレポックに話す必要などない。全《すべ》てはマットアラストの予定どおりに終わったのだから。


報告書を書くミレポックを残し、マットアラストは外に出る。行き先は、保安局の地下、ルリィの遺体が眠る遺体保安室だ。

マットアラストが足を踏み入れると、静かな部屋に、声が響いた。

「終わったか、マットアラスト」

中にあるのは、少年の遺体のみ。

「ああ。終わったよ」

マットアラストが答える。

「ラスコール＝オセロは、その名を語っていた一人の男。そう結論づけられた」

「それは、よかった。我々は秘密を守りきった、ということだな」

そう言いながら、ルリィの遺体が起き上がった。

「ご苦労だったな。楽園管理者」

ルリィの身長が伸び、一人の男の姿に変わる。前に見たときと同じく、その姿は見えるが記憶できない。

「見事な演技だったよ。今年の助演男優賞は君で決まりだ」

「演技は不得意ではない。今回の演技は自分でも自信があったよ」

楽園管理者は笑いながら、冷たいベッドから降りた。

「やりすぎだった部分もあるがね。特に死に際の台詞《せりふ》は、アドリブが過ぎた」

それは勘弁《かんべん》してくれというように、楽園管理者は肩をすくめる。

「だが、一番素晴らしかったのは、君の脚本だ。まったくよくぞ考えたものだよ」

楽園管理者は言う。だが、褒《ほ》められたところで嬉《うれ》しくもない。

「最初に君の話を聞いたときは、笑い出しそうになった。

あの、ラスコール＝オセロの正体が、ただの男。それをいたいけな息子が探している。こんな嘘《うそ》がその頭のどこから湧《わ》いて来るんだ？」

「才能さ。俺は、嘘つきだからね」

「そのおかげで、ミレポックは完全にだまされた。嘘は大胆《だいたん》なほど良い」

「……………真実は、嘘の中に隠す。いつだってこれが常道《じょうどう》だ」

楽園管理者は、マットアラストの横を通り過ぎ、出口へ向かう。

「さて、楽しい劇ももう終わりだ。これ以降はまた敵同士」

「ああ。もう二度とこんなことはないだろう」

そう思いたい。まさか、ミレポックを助けるために、敵の総帥《そうすい》の手助けを借りるなど、思ってもみなかった。

「今回の事件、素晴らしいハッピーエンドだ。君たちはミレポックを失わずに済み、我々は裏切り者を消した。

　そしてラスコール＝オセロの真実は、また闇《やみ》に葬《ほうむ》られる。誰が見ても非の打ち所がない」

「……………」

「さよならだ、マットアラスト」

　そう言った瞬間、マットアラストは銃を抜いた。静かな遺体安置所に、乾いた銃声が響き渡る。当たったはずの銃弾は、楽園管理者をすりぬけて、後ろの壁を破壊していた。

「だが、忘れるなマットアラスト。我々は敵対しながらも、ある部分で、常《つね》に協力関係にある」

「……………」

「天国の所在を、隠す。この一点で、我々と君たちは協力し続けているのだよ」

　彼の言うとおりだ。教団と武装司書はずっと、ある秘密を守り続けている。


　七年前の、あの日。

　パーニィ＝パールマンタの死骸《しがい》のそばに二人の男がいた。楽園管理者と顔のない男。ラスコール＝オセロは『本』を回収し、いずこかに消えていた。

「これで終わりか。思えば哀《あわ》れな女だった」

　顔のない男が言った。

「これから、どうするつもりだ？」

と、楽園管理者。

「ハイザは始末した。ラスコール＝オセロの調査は、いましばらく続ける」

「いいのか？　ラスコール＝オセロにたどり着くかもしれないが」

「可能性は低い。それよりも、急に調査をやめるほうが、あとで疑惑を招きかねない」

「なるほど」

「調査を終了するのは、マットアラストかハミュッツが館長代行になったときでいいだろう」

「あなたが、そう思うならそうするといい」

「これでまた、ラスコールは、伝説の中に姿を消していくはずだ」

顔のない男は、そう言って立ち去る。その後ろ姿に、楽園管理者が声をかけた。

「また、何かあったら手伝いを頼む。こちらはどうにも人手不足でね」

「約束しよう。貴様らが、我らに戦いを挑《いど》まぬ限りは」

楽園管理者もまた去っていく。

顔のない男は仮面を取った。仮面の下の顔は、十七かそこらの、少年のものだった。

だが髪の毛は、八十の老人のような白髪で、表情は老獅子《ろうじし》のように鋭い。

彼の名は、バントーラ図書館館長代行、フォトナ＝バードギャモン。彼がハミュッツにその座を譲《ゆず》るのは、これから二年後のことであった。


マットアラストが戻ると、すでにミレポックの部屋は明かりが消えている。マットアラストは自室でウイスキーのビンを開け、ストレートで一杯呷《あお》った。

「ラスコール＝オセロを探るものは死ぬ、か」

マットアラストは思う。ミレポック、それはね、嘘じゃなかったんだよ。

もし、真実にたどり着いていたら君は死んでいたのだから。

他ならぬ、俺の手にかかって。

俺に与えられた任務は、ラスコール＝オセロの正体を隠すこと。そして、それを知るものを消すことだった。

ハミュッツは、君を殺すと決めていた。君には信じられないような勘《かん》の鋭さがある。いつか君は、ラスコールの正体にたどり着くはずだと。

俺がそれに異《い》を唱《とな》えた。君をだますことで、君を助けようと言ったのだ。任務に失敗したら、俺も殺されていただろう。ハミュッツは、それができる女だ。

困難な任務だった。

楽園管理者と、ラスコールの手すら借りて、君をだました。だましぬくことができただろうか。そう信じたい。

女の子を一人助ける。そんな仕事を、欺《あざむ》くことでしか成《な》しえない。つくづく自分は、英雄にはなれない男なのだ。

そう思い、ウイスキーをグラスに注いだとき、ラスコール＝オセロが現れた。

「こんにちは。マットアラストさま」

ラスコールは、スカートの裾《すそ》をつまんで一礼する。暗闇に突然現れる少女というのは、あまり気持ちの良いものではない。

「どうした？」

「あなたさまがお会いになりたがっているのではないかと思いまして」

鋭い。確かに、会いたかった。聞きたいことがあったのだ。

「最後に、一つ聞く。君は何者なんだ？」

「聞いているのでございましょう？　ハミュッツさまから」

「それでも聞きたいのさ。君の口から聞いて、全てすっきりさせたい」

ラスコールは語り始める。

「私の正体など、簡単なことでございます。これですよ」

そう言って、ラスコールは石剣を見せた。

「追憶《ついおく》の戦機、過ぎ去りし石剣ヨル。私の正体は、このちっぽけな剣でございます。私は全ての追憶の戦機の中でも、最も強い意思を持つもの。私の機能は、人々の物語に続きを与えること。死によって止まってしまった物語のその先を生み出すこと。

善も悪も、賢者《けんじゃ》も愚者《ぐしゃ》も区別なく、物語に続きを与えること。それが私の機能でございます。

爆弾を愛した少女の物語。怪物になろうとした少年の物語。少年たちを守ろうとした少女の物語。おろかな主《あるじ》に忠誠を誓《ちか》った、戦士たちの物語。幸福を求めた、愚か者たちの物語。

それらの物語に結末をもたらす。それが、私の機能でございます」

「全ては、君の手の内にあったということか？」

「まさか。私はただの剣。物語を生み出すことはできません。

喜劇も、悲劇も、全ては人間が造《つく》るもの。

定められた運命を越え、与えられた逆境を砕《くだ》き、物語をつむぐことができるのは、人にしか成せないことでございます」

「なぜ、神溺《しんでき》教団の手先になっている？」

「手先とはいささか不本意でございます。私は、ただお手伝いしているだけでございます。

欠けることなき幸福を求める人々。この世全ての幸福を集めようとした男。私は、彼らの物語の結末を見たいのです。

善も、悪も、秩序も混沌《こんとん》も、私にとっては些細《ささい》なことでございます」

「………」

「ラスコール＝オセロを追うものは死ぬ。その伝説は、全て人間が作り出したものに他なりません。神溺教団の面々と、神溺教団を隠そうとするものたちの作り出した虚像。

ミレポックはその虚像に踊り、アルメは虚像に惑《まど》わされ、あなたは虚像を操《あやつ》る。

人は虚像を生み、虚像は人を動かす。そして、人の動くところに生み出されるのが物語。

そう、いつの日も、物語は人だけが作るものでございます」

来たときと同じように、ラスコールは優雅《ゆうが》に一礼する。

「さよなら、マットアラスト。あなたの物語に、幸福な結末のあることを」

ラスコールは消えた。

一人、取り残された闇の中。

パイプから立ちのぼる煙だけが、ゆらり、ゆらりと、揺れていた。

断章 幸福を待つ神の寝所で

この世のいずことも知れない場所。そこに少女が一人立っていた。

少女の前には、数冊の『本』がある。

シガル＝クルケッサ。ガンバンゼル＝グロフ。パーニィ＝パールマンタ。

欠けることのない幸福を求めたもの。彼らは一切の迷いを捨て、雑念を振り払い、幸福を求め続けた。

ウインケニー。ロコロ。アルメ。ザッキー。オルト。

天国にいくために、あるいは自《みずか》らの信念のために、神溺《しんでき》教団に仕《つか》えたものたち。彼らは真人《しんじん》が完全なる幸福に至《いた》れるように、死力を尽くした。

全《すべ》ては、教団のために。そして、天国のために。

「さてと」

ラスコールは語りかける。

そこにある、それに向けて。

武装司書の頂点と、神溺教団の頂点だけが知る、絶対の秘密に向けて。

武装司書と神溺教団が殺しあう、その根源に向けて。

全ての死者は『本』となり、図書館に収められるこの世界に、絶対にあってはならぬ場所に向けて。

天国に向けて、ラスコールが語りかける。

「さてと、神よ。不遜《ふそん》にも神を名乗る、一人の愚《おろ》か者よ」

神は何も答えない。

「欠けることなき幸福を手に入れるまで、あなたの物語に終わりはございません」

神は何も答えない。

「なれど、欠けることなき幸福など、この世には存在しないと、思うことはございませんか」

神は何も答えない。

「あなたの物語に、果ての来る日はあるのでございましょうか」

神は何も答えない。ただ、黙って待ち続けている。欠けることのない幸福が、もたらされるそのときを。

「あなたの物語の、その終わりを、楽しみに待ち続けてございます」

ラスコール＝オセロは一礼し、とぷりと消えて立ち去った。

あとがき

みなさんこんにちは。山形石雄《やまがたいしお》です。

戦う司書シリーズも早いもので四作目となりました。

『戦う司書と神の石剣』お楽しみいただけたでしょうか。


この作品はこれまでに比べて、少し苦労の多い作品でした。

何に苦労したかといいますと、山形は生まれつき、小指が比較的短いのです。

なので、キーボードの「P」と「ー」を打つときに、右手の小指をかなり伸ばさないと打てないのです。ちなみに、バックスペースと鍵括弧《かぎかっこ》とエンターキーは、手を移動させて、中指で打っています。

それで、今作の主要登場人物なのですが、ミレポック、ラスコール、パーニィと、「P」「ー」を使う名前のキャラクターがやけに多いのです。あとウインケニーも少し出てきます。

最初は「なんか打ちにくいな」程度だったのですが、一〇〇ページぐらいまで書いたあたりで小指の付け根に違和感を覚えるようになり、二〇〇ページを超える頃には打つたびに痛みを感じるようになりました。どうやら筋《すじ》を痛めていたらしく、触るといやに熱く、水で冷やすと楽になるのですが、また動かすと痛みがぶりかえします。

とりあえず問題のキーは薬指で打つようにして、四、五日小指を休ませ、しばらくしたら痛みは引きました。現在は違和感も痛みもなくなっているので一安心といったところです。

今後、小指の痛くなる人たちには、なるべく登場を控《ひか》えて欲しいなあと思っています。そうは思っても、あの人とかは当然のごとく出しゃばって来るでしょうけれども。

高校、大学と、運動に無縁《むえん》の生活をしていたせいか、あまり頑健《がんけん》な肉体は持ち合わせていません。

小指だけではなく、頭が痛かったり、やたら体がだるかったりと、なんとなく調子が悪いことが多いです。

やはり日ごろから、体を動かしておいたほうが良いと思い、最近は、朝起きたらまず、ラジオ体操をしています。

音楽はないので、口で歌いながら踊っています。深呼吸からはじめるより、オープニングの歌から歌ったほうが、気分が盛り上がり、やる気もでるようです。

ふと冷静になって自分の姿を省《かえり》みると、一日仕事する気がなくなるほど力が抜けるのですが。

今回も、完成に至《いた》るまで、さまざまな方のお世話を受けました。イラストの前嶋重機《まえしましげき》さま、担当と編集部の皆様、デザイン、校正の皆様、この場を借りて、ささやかながら御礼申し上げます。

そして今回、帯に激励の言葉をいただいた、荒木飛呂彦《あらきひろひこ》さま。

小説家を志す前からのファンであり、物語を作り始めてからは多大な影響を受けた方であり、また書き手として目標とさせていただいている方でもあります。

その人に作品を読んでもらえるのは、書き手としては望外の喜びでありました。小説家になってよかったなと、心の底から思っています。本当にありがとうございました。

最後にこの作品を読んだみなさまへ。お楽しみいただけたことと、また次の作品でお会いできることを祈っております。

それでは。

山形石雄

この作品の感想をお寄せください。

あて先　〒101－8050
東京都千代田区一ツ橋２－５－10
集英社　スーパーダッシュ編集部気付

山形石雄先生

前嶋重機先生

戦う司書と神の石剣
BOOK4
山形石雄

集英社スーパーダッシュ文庫

2006年7月30日　第1刷発行
2009年9月6日　第2刷発行
★定価はカバーに表示してあります

発行者
太田富雄

発行所
株式会社 集英社
〒101－8050　東京都千代田区一ツ橋2－5－10
03(3239)5263(編集)
03(3230)6393(販売)・03(3230)6080(読者係)

印刷所
大日本印刷株式会社

ISBN4－08－630306－X C0193